ソーニャ文庫

モフモフ悪魔の献身愛

イースト・プレス

contents

プロローグ

オリアが最初に認識できたのは、赤い色。

暗闇に瞬《またた》く光が揺れる炎と力強い瞳だと気がついたのは、随分時間が経ってからだった。

「……私を呼んだのは貴女ですか」

まさか漆黒が言葉を発したのかと思うほど、その男の声は空間全体を震わせた。ザワリと闇が蠢《うごめ》く。まるで暗黒がそのまま形を得たよう。

つい先刻まで何もなかった空間を、オリアは凝視した。

そこには、床に描かれた模様だけがあったはず。しかし今は、何者かの息遣いを感じる。自分のものではない。勿論『あいつ』のものでもなく、もっと獣じみた荒い呼吸。

靴とも裸足とも思えぬ足音と、短く吐き出される呼気が近づいてくる。狼狽《ろうばい》したオリアは、視線だけを忙しくさまよわせた。

「答えなさい、娘。――何だ、動けないのですか」

得体の知れないその者の言う通り、指一本動かせない。身体の自由は戒《いまし》められ、辛うじて意志が及ぶのは瞼《まぶた》と眼球だけ。逃げることもできないオリアの双眸《そうぼう》に涙が滲《にじ》んだ。

「……面白い。小さな身にそぐわぬ激情を持て余していますね。人間はどこまで愚かで浅ましい生き物なのでしょう」

嘲りを滲ませた男の声が、オリアのすぐ顔の脇で聞こえた。いつの間にこれほど接近されていたのだろう。必死に横目で窺おうとしても、上手く彼の姿を視界に捉えられない。

『見えない』『分からない』ことが、これほど恐怖を増幅させるものだとは知らなかった。

正体不明の何かに感じる畏怖《いふ》。純粋な恐れ。頭の中では勝手に凶悪な妄想が膨《ふく》らんでゆく。オリアの豊かな想像力は、最悪の事態をいくつも弾き出した。

「……う、ぁ……ぁ」

力の入らない喉を叱咤《しった》して、懸命に言葉を紡《つむ》ごうとする。命乞いか、悲鳴なのか、自分でも分からない。とにかく何か言わなければと思った。

「何です。何か言いたいことがありますか。私の姿を前にして、なかなかいい度胸をしていますね。気まぐれに最期の言葉を聞いてあげましょう。どうぞ、言ってみてください。私を楽しませれば、せめて楽に食い殺して差し上げます」

――私はここで死ぬんだ……

諦《あきら》めに似た感慨を抱いた直後、オリアの心に別の感情が生まれた。

嫌だ。このまま終わりたくない。もしも今死んでしまったら、この胸にある怒りは無駄に消え去るだけ。そんなことは許せない。

誰にも知られず全てなかったことにされてしまうなんて到底許容できないし、憎くて堪《たま》らなかった。自分をこんな目に遭わせた相手が。大事な人を壊した『あいつ』が。

「……これは驚いた。とても子供が抱く憎悪の大きさではありませんね。それほど恨めしいのですか」

気だるげだった男の声音に、明らかな愉悦《ゆえつ》が混じった。オリアに興味を抱いたらしく、笑い方も馬鹿にしたものではなく心底愉快だと感じているものに変わる。

――死にたくない。こんな無駄死には嫌。助けてくれるなら、私は何でもする。

強い願いは、言葉にせずとも両目から溢れ出していた。もしも手が動かせたのなら、オリアは迷わず男に腕を伸ばし縋《すが》りついていただろう。

――お願い。力が欲しい。叶えてくれるなら、私の全てをあげる。だってどうしても許せない。だからどうか、私を助けて。

「ははは、これは面白い。元は無垢《むく》な魂がここまで黒く染まるとは……でしたら、私が力を貸してあげましょうか。勿論タダではありません。貴女の願いを叶えた暁《あかつき》には、相応の対価をいただきます。ああでもどうせならもっと美味《おい》しく育ってください」

何を言っているのだろう。先刻飲まされた薬の影響なのか、オリアの意識が混濁し始めた。瞼が下りてきて、音が遠のく。全身の感覚が更に麻痺していった。

これはたぶん夢。ただの悪夢。

目が覚めればきっと、もう少しマシな現実が待っている。

それとも二度と目覚めない方が、むしろ幸せなのかもしれない。

「――私と契約を結びなさい。貴女に力を与えましょう」

眠りの中に落ちてゆく。泥に沈む感覚で窒息しかけた時、遠くで別の男の悲鳴が聞こえた気がした。しかし確かめることもできないまま、オリアの意識はそこで途切れた。

1　モフモフ悪魔と乙女の日常

グレイブールの朝市は、小さい町の規模の割に賑《にぎ》わっている。

大きな港を有し、観光客も多いからだ。山と海に囲まれた穏やかな片田舎の町。日に焼けた者が多く、男たちは皆健康的に肌を露出している。対してシミや皺《しわ》を嫌悪する女たちは、日焼け対策を怠《おこた》らない。

商人が多く、行き交う人々の服装は様々。

道の両端には露店が並び、呼び込みをする店主の声と値切り交渉をする客のやりとりが途切れることはない。熟《う》れた果物の匂いや肉の焼ける匂い、猥雑《わいざつ》な埃《ほこり》っぽさが活気と魅力になっていた。

「オリア！　今日は珍しい魚が沢山入っているよ。どうだい、美味しそうだろう」

馴染《なじ》みの女将《おかみ》に呼び止められ、オリアは振り返った。

三つ編みにした焦げ茶の髪が背中で揺れる。同じ色をした瞳を瞬き、並べられた色とりどりの魚に目をやった。

今年十九歳になったばかりのオリアも、できる限り日焼けを避けたい口だ。色気づいているわけではなく、もっと現実的かつ簡単な理由からだ。褐色の肌は美しいけれど、その後が大変だと知っている。年を取ってから後悔しても遅い。それに自分の皮膚は真っ赤に腫《は》れるだけでなかなか綺麗に色素が沈着しないのだ。

だから目深に被った帽子の下から、大きな目を見開いた。

「わぁ……すごく派手な魚ね」

「この辺りではあまり揚がらない種類だからね。もっと南では主流の魚らしい。でも味はあっさりしていて食べやすいから、保証するよ」

「へぇ」

真っ青な鱗《うろこ》を持つ魚は、オリアにとって見慣れないものだ。正直なところ、美味しそうには見えなかった。女将がお勧めの調理方法を説明してくれるけれど、いまいちその気になれず断ろうかと思案する。その時、オリアの脛《すね》にモフりと何かが触れた。

「……ノワール」

足下を見下ろせばお座りをした真っ黒な大型の獣がじっとこちらを見上げている。三角の耳をピンと立て、一見精悍《せいかん》な犬のようだ。獣はふさふさの尻尾でオリアの脚をペシペシ

と叩いてくる。

これは、『買え』の合図だ。

「……食べたいの？　ノワール」

「グルル……」

唸《うな》りに近い鳴き声をこぼし、見事な毛並みの獣は形のいい耳を器用に動かす。全身艶やかな黒の毛に覆われた中で、双眸だけがルビーに似た真紅に輝いていた。

急かすように大きな尻尾をビタン！　と地面に叩きつけ、鼻筋に皺を寄せるのはやめてほしい。ただでさえ威圧感のある大柄な獣なのだ。しかもお世辞にも愛玩《あいがん》動物とは言えない凶悪寄りのご面相である。牙を剝《む》かれれば怖い。

実際、今たまたま通りかかった幼い子供が、泣きべそをかいて母親の後ろに隠れてしまった。

「ははっ、その犬も食べたいってさ。買っておやりよ、オリア。氷をつけてあげるよ」

「しょうがないなぁ……じゃあ、一匹だけ。あとはそっちの茹《ゆ》でた貝をください」

オリアはノワールの頭を撫《な》でながら嘆息《たんそく》した。その際、彼の頭をさりげなくぐっと押さえる。女将が発した『犬』の一言に、獣が飛びかかりかねない反応を示したからだ。

「まいど！　しかしいつ見ても大きくて立派な犬だねぇ。番犬には丁度いいじゃないか。あの色男の兄さんが戻るまでは、この犬があんたの保護者だね！　ところで兄さんはいつ頃帰ってくるんだい？　そろそろ私も目の保養がしたいよ。いくらノワールが凜々しい雄犬でも、あの美男子の代わりとしては物足りないからねぇ」

だが不穏な空気など微塵《みじん》も解《かい》さない彼女は、再び『犬』と繰り返した。オリアの掌《てのひら》の下で、ノワールの筋肉質な身体がビクリと動く。グルルという喉奥の唸りは、先ほどよりも低いものになっていた。

「あ、兄は都会に出稼ぎに行っているので、まだしばらくは戻りません……ところで、あのぉ、女将さん……、ノワールは犬じゃなくて……」

「はい、お待ちどおさま！　貝はちょっとおまけをしておいたよ」

慣れた手つきで商品を包み、会計を終えた彼女は他の客に呼ばれ忙しそうに行ってしまった。かき入れ時のこの時間、多忙な女将を引き留めることなどできない。

オリアは手渡された袋を握り締め、足下のノワールに声をかけた。

「……行こう、ノワール。吠《ほ》えちゃ駄目。あと飛びかかるなんて以《もっ》ての外。――何でも好きなもの買ってあげるから」

鋭い目つきでこちらを睥睨《へいげい》する獣は、面白くなさそうに鼻から息を吐いた。これ見よがしに牙を見せつけ、納得していないことを伝えてくる。だがここで騒ぎを起こすわけにいかないことは、ノワール自身も重々承知しているのだろう。

のっそりと腰を上げ、オリアの前を歩き出す。目指す先にあるのは、酒屋だ。

「もう……あんまり高いお酒はやめてよねっ？」

聞こえているのかいないのか――――いや、尻尾を大きく左右に振ったのは、大方『煩《うるさ》い』とでも言いたいに違いない。大型の獣がのっしのっしと歩いていけば、混雑していた通りが左右に割れた。

「ノワール！　勝手に行かないでよ。ちょっと待ってってったら。この魚、大きいから案外重いんだよ。貝も沢山おまけしていただいたし……」

先ほど別の店で購入した野菜もある。オリアが両腕に抱える重量は、それなりになっていた。

ぶちぶちと文句を垂《た》れると、前を行く獣が歩みを止めてこちらを向く。そしてさも不快そうに大仰な溜め息を吐き、後ろ足でひょいっと立ちあがった。

「え、ノワール？」

大きな彼が二足で立ちあがれば、オリアの身長を軽く越える。体重だって遥かに重い。飛びつかれれば一人で支えきるのは到底不可能だった。オリアがついぎゅっと目を閉じ衝撃に備えると、ノワールが彼女の持っていた袋を奪い取る。

持ち手の部分を器用に噛《か》み、再び四足歩行へと戻った。

「あ、荷物を持ってくれるの？　ありがとう、ノワール」

驚いたオリアが感謝を述べれば、大型の獣は冷めた赤い瞳をプイッと逸《そ》らし、さっさと歩き始めた。そっけない。しかし両耳がピクピクと動いている。『早く来い』もしくは『気にするな』と言いたいのかもしれない。

「えへへ……何だかんだ言って、ノワールは優しいね」

「グルッ……」

馬鹿なことを言うなとばかりに獣の瞳が細められ、心なしか足どりの速まったノワールをオリアは慌てて追いかけた。

この大きな獣はまるで人間と意思疎通ができているようだ。オリアはいつも普通に話しかけているが、先ほどの店の女将のように、オリアを知る者はまったく気にしない。よくあることだからだ。

おそらくノワールのことを、人語をある程度理解している利口な犬だと思っているのだろう。大柄で目つきが鋭く、およそ愛想を振り撒《ま》くこともないが、よく躾《しつ》けられた犬だと感心しているに違いない。

それは半分正しく——そして半分間違いだった。いやむしろ間違いの比率はある意味八割を超えるかもしれない。

何故ならノワールは『人語をある程度理解している』のではなく、全て理解しているからである。それどころかきっとそこらの人間よりずっと賢《かしこ》いだろう。

グレイブールの公用語だけでなく、隣国の言語やその隣の国々の言葉にまで精通し、古代語まで解読できると知られたら、国中が大騒ぎになるに決まっている。優秀な学者であっても多数の言語や様々な国の歴史に造詣が深い者など珍しい。ましてそれが犬となれば、人々の驚愕は想像に難くない。

いやそれ以前に――ノワールは犬ではなかった。

「……機嫌直してよ、ノワール……」

彼の希望通りの酒を購入しても、まだノワールは険しい顔をしたままだ。醸《かも》し出す空気も刺々しい。『犬』と何度も呼ばれたことが相当癇《かん》に障《さわ》ったらしい。

全ての買い物を終え帰路についていた一人と一匹は、周囲にひと気がないことを確認したのち、足を止め向かい合った。

オリアが暮らす家は、町の中央から離れた森の中にある。隣の民家まで歩いて二十分もかかる不便な場所だ。それでも静かなことが気に入っているので、今のところ引っ越しは考えていない。それに、人の多い場所には住めない理由があった。

「……あの女将はいつになったら私が犬ではなく狼だと認識するのでしょうね」

一旦、咥《くわ》えていた荷物を全て地面に降ろし、牙を剝く獣の口から発されたのは低い男性の声。唸りや吠え声とは違う、しっかりとした人間の言葉だった。

「あの女将さんは、一度思い込むとなかなか情報を更新できない人なのよ。それに狼がうろうろしていると思われるよりも犬だと思われていた方が、色々都合がいいじゃない」

いくら表向きオリアに懐《なつ》き従っているように見える獣とは言え、巨大な狼が町中をうろついているとなれば、人々は恐怖を覚えるだろう。下手をすれば、捕らえられたり駆除の対象になりかねない。だからオリアは、あまり積極的には他者の誤解を解こうとしないのだ。

「物覚えの悪い生き物は、これだから嫌いなんです。人間は低能すぎる」

「そんなに嫌なら、人型になればいいじゃない」

苛立《いらだ》たしげに尾を揺するノワールへ、オリアは唇を尖らせた。獣の姿をやめれば、万事解決だ。あの女将さん曰く、『目の保養』もできて彼女も万々歳《ばんばんざい》ではないか。

「本気で言っているのですか？　貴女が子供の頃ならば保護者として大人が必要でしたが、今はもうそんな年齢じゃありません。年頃の人間の男女があまりいつも一緒にいると、おかしな憶測を呼ぶのは私でも知っています」

「そりゃそうだけど……」

恋人や夫婦なら、四六時中共にいても怪しまれないかもしれない。いや、仕事はどうしたのだと訝《いぶか》しまれる可能性は否定できまい。

ましてこの町に越してきた当初は『兄妹』として振る舞っていたふたりが毎日離れずべったりと過ごしていては、彼の言うようにいらぬ憶測を呼ぶのは目に見えていた。普通の兄妹は、年がら年中朝から晩まで行動を共にしたりなどしないことは、オリアとて承知している。

結婚はどうした恋人はいるのかと、良くも悪くもお節介な人々が口を挟んでくるだろう。

「この姿でいる方が、自然です」

そう言われてしまえば、反論の余地はなかった。

「……だったら買い物くらい、私一人で行けるわ」

しかしせめてもの反抗心で、付き添いは不要だと告げてみる。オリアとしても、こう毎度『犬』と言われた程度でノワールに苛立たれては気が気でないのである。

「同じことを何度も言わせないでください。貴女は私の契約者だ。いかなる時も傍にいて離れはしません」

吐き捨てた彼の口元から、舌ではなく赤い炎がチロリと覗いた。同じ色をした瞳が、炯々《けいけい》と光る。野生の肉食獣よりも威圧感のあるノワールの双眸が、鋭さを増した。

不意に森の翳《かげ》りが増した心地がして、オリアは自らの腕を摩る。肌が粟立《あわだ》つのは本能的な反応だ。

人が、人ならざるものと対峙する時に覚える、畏怖の感情。

どれだけ人に慣れたと思えても、野生の獣を完全に飼いならすことなどできない。ましてそれがただの獣などではなく――

「悪魔と召喚主は一心同体。私は貴女の傍を片時も離れません」

笑顔と言うには悪辣《あくらつ》な形に歪《ゆが》んだノワールの口の端からは、オリアなど簡単に噛み殺せてしまいそうな牙が垣間見えた。

そう。この犬――もとい狼は、普通の動物などではない。それどころか本来この世にあってはならない悪しきものだ。

人を惑わし堕落《だらく》に誘う――恐ろしくも美しい『悪魔』と呼ばれる存在だった。

「……私は、貴方を召喚した覚えなんてないんだけど……」

「覚えがあろうがなかろうが、私は貴女の求めに応じこの世に顕現しました。契約書は絶対です。今更記憶がないなどという間抜けな理由で撤回《てっかい》できると思うなと、何度言えば分かるのですか。本当に人間は忘れっぽくて頭が悪い。話していると頭痛がしてきます」

悪態を吐きつつ、ノワールはおもむろに荷物を全て咥え直した。文句を垂れても、最後まできっちり運んでくれるらしい。律義だ。酒瓶《さかびん》も入っているのでかなり重いはずだが、彼に疲れた様子は見られなかった。オリアは手ぶらのままノワールを追いかける。

彼は横目でちらりとこちらを確認し、さりげなく歩く速度を調整してくれた。

――やっぱり、優しいのよね。口は悪いけど。

ふさふさの黒い身体を後ろから見つめ、オリアはノワールと出会ったばかりのことをぼんやり思い出していた。

あれは十年前。オリアがまだ九歳だった頃だ。

当時のオリアは唯一の家族である父親を亡くし、途方に暮れていた。母はその前年に逝《い》ってしまい、他に身寄りはなかったのである。

子供が一人で生きてゆけるほど、この世界は甘くない。放っておかれれば、数日のうちに野垂《のた》れ死んでいただろう。

生きながらえることができたのは、傍にノワールがいてくれたからだ。最初は犬だと思い油断して近づいたら、あっという間に捕獲され、あれよあれよという間に一緒に暮らすことになっていた。

九歳は幼児ではないけれど、できることはまだ少ない。ノワールは悪魔らしからぬまめまめしさで孤児になったオリアを育ててくれた。

住処を用意し、食事を作り、勉強を教えてくれて、眠る時にはモフモフの毛皮で包み込んでくれた。おかげで大人になった今でも、オリアは彼の尻尾を握ったり、腹に顔を埋めたりしなければ安眠できない身体になってしまったことは秘密である。

――私が健やかに歪まず成長できたのは、ノワールのおかげよね……それと、両親のことをあまりよく覚えていないからかもしれない……

悪魔から愛情――というのは奇妙な話かもしれないが、少なくとも彼から酷く扱われたことはない。それどころか、大事にしてもらった自覚がある。何故かオリアはノワールと出会う前のことをほとんど覚えていないので断定はできないけれど、親と同じほどの愛情を注いでもらったと思っている。

父と母を亡くした痛みに囚われず生きてこられたのは、きっとノワールが心の穴を埋めてくれたからだ。

ほとんど空白の九年間。辛うじて記憶にあるのは、母の笑顔と父の背中。楽しい思い出は、ノワールと暮らすようになってからの方が圧倒的に多かった。

オリアの感覚からすると、気がつけば彼と共に生活していたと言うのが正しい。

隣にいてくれるのが当たり前。いつもどんな時も傍にいてくれた優しい悪魔。

――下手に両親との思い出がなくて、逆に良かったのかもしれないわ……

喪失を深く嘆くこともなく、十年間という長い年月、人ではない彼と一緒に生きてきた。

そのことに後悔は微塵もない。きっと、自分はこういう運命だったのだ。

オリアは、ノワールが人でも獣でもないことを早い段階から理解していた。

この世に、言葉を操り炎を吐く狼など存在しない。いたとすればそれは、神や精霊の類《たぐい》か悪しき存在に決まっている。そして悲しいかな、彼は紛れもなく後者だった。

実際、これまでにオリアは、ノワールが平然と他者を傷つける場面を見たことが何度もある。それでも彼から離れようとか逃げようなどと思わない理由は一つ。

どの場合も、オリアを守るためだったからだ。ノワールはオリアを傷つけようとした暴漢たちを返り討ちにする時のみ、凶暴な一面を見せた。

若い女の一人暮らしに危険はつきもの。世知辛い話だが、警戒すべき対象は忌まわしき存在だけではなく、自分と同じ人間も当て嵌《は》まる。

森の中の一軒家に住む女を手籠《てご》めにしてやろうとか、盗みに入ってやろうという不届きな輩は少なくない。オリアも何度か危険な目に遭っていた。

深夜、家の中に侵入されたこともあれば、外出から戻ったところを羽交い絞めにされたこともある。酷い時には、いきなり刃物を突きつけられた。

その都度ノワールが助けてくれたのである。

——犯人たちは散々な目に遭ったっていうのに、守ってもらえたことが嬉しいなんて……私は酷いし、心が汚いな……でもやっぱり嬉しい……

いっそ治安のいい安全な場所で暮らせばいいとも思うが、物事はそう簡単にはいかない。町から離れたところに居《きょ》を構えるのは、それなりの理由があるのだ。

「——はぁ、ただいま。疲れたぁ」

迎えてくれる声はないけれど、オリアはいつも外から帰った際はこう言ってしまう。

狭いながらも愛しい我が家は、町の市場から歩いて片道一時間強。往復するとそれなりの運動量になる。ほとんどを自給自足で賄《まかな》っていても、月に数度は仕事の用事や日用品を買うため行き来しなければならなかった。

「……窮屈《きゅうくつ》です」

「あっ、駄目……！」

　荷物を台所に運んでくれたノワールがブルブルと全身の毛を震わせる。『前兆』を察したオリアは彼を制止しようとしたが、時既に遅し。視界が真っ黒い何かで覆い尽くされてしまった。

「ぷわっ……！　い、家の中は狭いんだから、羽を広げちゃ駄目だって言ってるじゃない……！」

「外で広げる方が問題でしょう。貴女は愚かなことを言いますね」

　言葉を話す狼はいない。炎を吐く獣もありえない。しかし大きな羽の生えた狼はもっといないと思う。

　ノワールは自身の身体よりも数倍大きな羽をバッサバッサと動かした。風圧で後ろにひっくり返りそうになったオリアは、慌てて彼の首に縋《すが》りつく。

　まふっとした毛に顔を埋め、首を左右に振った。

「やめて！　色んなものが飛ばされて壊れちゃうってば……！　この前も壁の一部をぶち抜いたじゃない！」

「修理するのは私です。壊れたら壊れたで構いません」

「私が嫌なの！」

　ノワールは普段羽を隠している。どういう構造になっているのかオリアには分からないけれど、出し入れ可能なものらしい。だが彼にとっては随分窮屈な状態を我慢しているようだ。人目がなければ、こうしてすぐさま解放しようとするのだから。

「煩いですよ。家の中にいる時くらい好きに過ごさせてください」

「ああ……っ、せめて羽ばたかないでっ……！　きゃあああっ」

ノワールが一際大きく羽を広げ、風を切った瞬間、家中の窓が砕《くだ》け散った。けたたましい音を立てながら、ガラスが散る。

オリアたちがいるのは部屋の中央付近だったので危険はなかったが、被害甚大《じんだい》である。すっかり風通しの良くなった室内で、オリアは顎《あご》が外れそうなほどポカンと口を開いた。

「もぉぉ……だからやめてって言ったのに……！」

「人間の家は、何百年経とうと脆弱《ぜいじゃく》ですね。進歩しない」

「普通は、誰も家の中で羽ばたいたりなんてしないのよ。この破壊魔っ」

こういったことが、まぁまぁの頻度で起こるのである。それ故オリアたちは、町中は勿《もち》論《ろん》、近くに人がいる場所には絶対に住めないのだ。

「どうするの？　雨が降ったらびしょ濡れになっちゃうじゃない」

「煩い、喚《わめ》かないでください。すぐ直します。……それより怪我はありませんか」

自分で窓を全壊させておいてオリアの心配をするのは矛盾している。だが彼の中では整合性が取れているらしいから解《げ》せない。とは言え、やや尻尾が垂れているので、確かに彼なりに反省しているのかもしれなかった。

「……平気。でも魔力は使わないでね」

「けち臭い小娘ですね」

しおらしいと感じたのも束の間、ノワールは白けた表情で吐き捨てた。こちらを案じてくれた感動は消え失せ、オリアは眦《まなじり》を吊り上げる。

「当たり前じゃない！　貴方が魔力を使うには、契約者の私が対価を支払わなければならないんだから。今回の場合、それってとっても理不尽だと思わない？」

仮にオリアの願いで家を豪華にしてほしいとか補修してくれと言っていたなら、納得できる。喜んで対価を支払うだろう。

だがしかし、だ。

今日のこれはオリアが制止したにもかかわらず、ノワール自身が破壊したのである。それを修繕《しゅうぜん》するのに自分が対価を払うのはおかしくないか。

「……っち」

「舌打ち禁止」

グルル……と唸った彼が羽を縮めた。そして大きく息を吸う。黒い毛に覆われた体軀がゆっくり変化していった。骨格が変わり、体毛が消えてゆく。光が集まり、オリアが眩《まぶ》しさのあまり目を閉じた時――

「――ひとまず布と板を張り付けておきますから、道具を持ってきてください」

耳に届いたのは先ほどまでと同じ男の声。

けれど眼前に立つのは、精悍な美青年。年の頃は二十代半ば。

高い身長に長い手足。服の上からでも鍛《きた》え上げられていると分かる引き締まった腕や胸板。その上にのる顔は、誰もが見惚《みと》れずにはいられないほど整っている。

涼やかな目元に通った鼻筋。知性を感じさせる瞳の色は赤。薄い唇はやや酷薄そうではあったが、同時に誠実さも漂わせていた。艶のある黒髪と、優美な眉、それから長い睫毛《まつげ》が容姿に華やかさを添えている。

これまで、オリアは何度も彼の姿を目にしてきた。この十年間、表向き兄妹として暮らしてきた相手なのだから当然である。それでも、ほうっと嘆息したくなるほどの美丈夫だった。

「……羽を広げられないのが窮屈なら、ずっとその姿でいれば良いのに」

「これはこれで、色々弊害があるものでね。そんなことよりもオリア、早く大工道具を用意してもらえませんか」

人ではないノワールは、二つの姿を持つ。

一つは羽を持つ狼。もう一つが人間の形だ。

――悪魔が並外れて美しいのは、きっと人心を惑わすためよね。見慣れているはずの私でさえ、目を奪われてしまうんだもの……

彼らの見てくれが、言わばあざとい計算によって作られた罠《わな》に等しいものと分かっていても、惹きつけられる。問答無用の魅力で、オリアもクラクラした。魚屋の女将が語っていたように、まさに目の保養だ。これだけの美貌を備えた男性には、世界中を探してもそうそうお目にかかれないだろう。

――何だかノワールってば、年々綺麗になってる気もするし……悪魔の魅了の力って、怖いわ……

「今持ってくるね、ノワール」

「この姿をしている時の私は、ノワールではありません。正しい名で呼んでください。より人に擬態できることは悪魔にとってステータスになりますからね。我々には重要なことなんです」

「あ、そうだね。ごめん、ヴァールハイト」

彼はどちらの形態を取っているかによって、名前が変わる。

狼の姿の時はノワール。言葉遣いは丁寧でも、気性は荒く獰猛《どうもう》。人間を小馬鹿にした言動が目立つ。

対して人の姿をした時はヴァールハイトと名乗る。物腰が柔らかな美青年で、オリアに対して悪態を吐くことは少ない（まったくないわけではない）。詳しいことは分からないが、獣の姿の時の方がより悪魔らしい性質を抑えられなくなるらしい。

つまり欲望に忠実で、攻撃性が増すそうだ。

「ガラスを踏まないよう、くれぐれも気をつけて」

ノワールとヴァールハイト。一見正反対の一匹と一人。だが、本質は同じだ。

態度と姿形はまるで違っていても、オリアに見せる優しさは変わらない。

さりげなく気遣い、手を差し伸べてくれる。

――それでも、悪魔なんだよね……

十年も一緒に暮らしていると言っても、『契約』で結ばれているだけ。もしもそれを破棄すれば、繋がりは簡単に断たれてしまう。オリアは人間で、彼は悪魔だから。介在するのは双方の利益だけだ。

――でも私は、いったい何を願うために彼を召喚したんだろう……？

ヴァールハイトと交わしたはずの契約内容を、オリアは覚えていない。当時の記憶は酷《ひど》く曖昧《あいまい》なのだ。いずれ必ず思い出すと彼は言うけれど――

――その日が、お別れの時なのかもしれない。

オリアの望みが叶えられ、対価を彼に支払った時こそ、全部が終わり。十年前の自分は、悪魔を呼び出すほど切実な願いを持っていたはずなのに、一つも覚えていないなんて本当に奇妙だ。おそらく、とても大事で絶対に叶えたい何かがあったはず。だが今のオリアの中には欠片も残されていなかった。

まるで両親との思い出と共に頭の奥に隠されてしまったよう。それとも自ら暗闇の中に沈めてしまったのか……。

――いっそ忘れたままでも構わないのに。

むしろ、このまま思い出したくないとさえ考えている。

そうすればヴァールハイトとずっと一緒にいられるから。

歪《いびつ》であっても平穏な毎日を過ごしていきたい。たとえ、『契約』に縛られた仮初《かりそめ》の関係であっても……。

「――お待たせ、ヴァールハイト。釘《くぎ》はこれくらいあればいい？」

「はい、充分です。そこに置いてください。後は片付けておきますので、オリアは休んで構いませんよ」

「私も手伝うよ。自分の家だもの」

箒《ほうき》を取り出し、オリアは床を掃《は》いた。ガラスはほとんど外へ砕け散ったけれど、多少は中に落ちている。ひっくり返ったテーブルや椅子《いす》も元に戻さねばならない。

この生活がどれくらい続けられるのかは分からないが、あともう少しだけと祈る。そこで、無意識に神に縋っている自分にオリアは苦笑してしまった。

――変なの。悪魔とのことを、神様に願うなんて。

だがこれがオリアにとっては普通だ。

悪魔との平穏な生活を願い、神に祈る。定期的な礼拝を欠かさないし、朝晩は神に感謝する。

全ては、彼を守りたいがため。自分が敬虔《けいけん》な教会の信徒であれば、悪魔の一人くらい見逃してもらえるのではないかという期待があるからだった。祈るのは、ノワールもヴァールハイトも決して悪い存在ではないと少しでも神に知ってもらうためだ。

だから明日は町の教会へ足を運ぶ予定である。

「――オリア、また忌まわしいことを考えていませんか」

「えっ、いつもいつもどうして分かるの？」

彼の言う『忌まわしいこと』とは、主にオリアの信心深さや神に関することだ。この悪魔は自分の頭の中が読めるのか、よくこうして絶妙な瞬間に胡乱《うろん》な視線を投げかけてくる。

「いい度胸ですね。悪魔と契約を交わしておいて、神に股《また》を開くとは……」

「ま、股なんて開いてないし！　変な言い方しないでよ」

言葉遣いや物腰に気品はあっても、所詮は悪魔。あまりにも下品な物言いに、オリアは目を剥いて抗議した。

「ヴァールハイトには分からないかもしれないけど、人間には心の拠《よ》り所が必要なの。とにかく明日は私、教会に行ってくるから！　嫌ならお留守番していてちょうだい」

「一応忠告しておきますが、貴女方人間の信じる神は少しばかり祈ったところで何もしてくれませんよ？　基本、無視です」

「だから、そういう身も蓋《ふた》もないこと言わないで。ヴァールハイトの悪魔っ」

「その通りです。まさかそれが悪口になると思っていませんよね？　ただの事実ですよ」

ついムキになって言い返せば、すぐさま打ち負かされて悔しい。

教会に行く行かないで揉《も》めるのは、日常茶飯事だった。彼にしてみれば、悪魔との契約者が神に祈るなど滑稽《こっけい》でしかないのだろう。オリアだってそう思わなくもない。

だが、あまり自分の足が教会から遠のけば町の人たちから変に思われるし、ヴァールハイトへ疑惑の目が向けられかねないではないか。

オリアにとっては、彼と引き離されることが、何よりも恐ろしかった。

「私には、無駄なことに労力と時間を費やす人間が理解できません」

「こっちだって、自分の楽しみのためだけに行動できる悪魔が理解できないわよ」

その『楽しみ』も、人であるオリアには理解不能なことばかりだ。いったいヴァールハイトは何を考えて十年も自分の傍にいるのかまったく分からない。悪魔にとって十年など瞬きの間のようなものらしいけれど、彼はその間子育てまでしているのだ。

物好きと言うか、酔狂と言うべきか……どんな思惑があるのやら。聞いても毎度のらりくらりとはぐらかされ、一向に明らかにならない。

そうまでして欲しがっている『対価』を、果たしてオリアは支払えるのだろうか。

――やっぱり、魂とかかな？　うう……だけどそれに見合うだけの大きな願いが、本当に私にあったのかなぁ……？

忘れてしまえる程度の望みで命を奪われたくはない。強い願望も激しい憎しみも持たない自分に、悪魔と契約を結ぶほどの情熱があったとは信じられないのだ。しかも当時僅《わず》か九歳の子供だったのに。

オリアは壊れた窓に応急処置を施してゆくヴァールハイトを横目で見ながら、ひっそりと溜め息を吐いた。


少なくとも月に一回、余裕があれば週に一度、オリアは教会に赴く。

悪魔との生活に疑念を向けられないようにするため、必要がない限り家を出ないオリアにとって、貴重なお出かけの機会である。

鏡の前で身支度を整えていると、背後から恨みがましい目をした黒狼が睨《にら》みつけてきた。

「とんだ尻軽娘ですね。悪魔を利用しつつ、一向に振り向かない男に尽くして悦《よろこ》ぶとは、貴女は被虐《ひぎゃく》の趣味があるのですか？　虐《しいた》げられて悦《えつ》に入《い》る質《たち》ですか？」

「だから、どうして毎回そう悪意塗《まみ》れの嫌味を言うの。ただ教会に行くだけなのに」

今日も今日とて、恒例となった軽口の応酬が始まる。

大型の獣は、感情表現豊かな尻尾で、寝そべったベッドをバシバシと叩いた。埃が舞うから、やめてほしい。

「めかし込んでご機嫌なくせに、よく言いますね。あわよくば人間の男を引っかけるつもりですか？　私はそんなふうに頭も貞操《ていそう》観念も緩々ガバガバの娘に育てた覚えはありません」

「勿論、緩々ガバガバに育てられた覚えはないけど……え、それってノワール、もしかして遠回しに私のことを褒《ほ》めてくれているの？」

かなり皮肉と棘《とげ》だらけで分かりにくかったが、ひょっとして『めかし込んで』の辺りは綺麗にしているという意味だろうか。だったら嬉しい。

長年この悪魔と暮らしてきたオリアは、彼の性格を理解している。人型でも獣型でもなかなか本心を明かしてくれないし基本辛辣だが、嘘だけは決して吐かないのである。

「まったく……とんだ浮かれ頭ですね。勝手に都合よく解釈すればいい」

「否定はしないんだね」

にやけそうになる頬を引き締め鏡越しにノワールを見つめると、彼は鼻に皺を寄せた後、ふて寝してしまった。尻尾だけが面白くなさげにパタンパタンと左右に倒されている。

「えへへ、ありがとう。ノワール」

たったこれだけのことでご機嫌になる自分は単純だ。

不細工だと思われるよりは、少しでも綺麗に見られたいのが乙女心というもの。それもこの世で一番大切な相手になら尚更である。

「さて、と。準備ができたし、私はそろそろ出かけるけど……あれ？」

拗《す》ねているので、今日はついて来ないかな？　と思いつつオリアはノワールが寝そべっていたベッドを振り返った。しかし、そこに彼の姿はない。

「何をしているのですか。グズグズしないでください」

黒狼はちゃっかり玄関扉の前で待ち構えていた。

「素直じゃないなぁ……」

どれだけ文句を言っても、別行動をするつもりはないらしい。それが『契約』しているからだとしても、ノワールがいてくれなければ天涯《てんがい》孤独の身の上であるオリアにとっては嬉しかった。

自分が教会に通うのは、本当はこうして彼がついて来てくれることを確かめたいだけなのかもしれない。

「……お待ちどおさま、行こう」

これがオリアの日常。何気ない幸せな日々。

扉を開けば眩しい光が差し込み、ノワールの毛並みを煌《きら》めかせた。壊れた窓を板で塞《ふさ》いでいたせいで、朝日が一際目に染みる。太陽が似合うなんて、つくづく変な悪魔だ。

「帰りに町で窓の修理を依頼してこないと」

「ガラスさえ買えば、私が直します。他人を家に入れるのはごめんです。人間は臭いから嫌なんですよ」

「またそういう意地の悪いことを言って……どうやって窓を持って帰ってくるの。全部抱えてくるなんて、私とノワールが力を合わせても無理でしょう。まさか何往復もするつもり？」

　壊れやすく重い窓ガラスを運搬するにはオリアの腕では力不足だ。ノワールが背負うのも現実的ではない。彼の背中にガラスを括り付けた姿を想像し、あまりの奇妙さに苦笑が漏れた。

「荷車を借りましょう」

「ああ、なるほど。流石ノワールね！　私はまったく考えつかなかったわ」

　そんなことも思いつかないのですか？　という視線を向けられたけれど、オリアは素直に感心してしまった。やはり彼は頭がいい。

　ふたり（正確には一人と一匹）並んでひと気のない道を歩く。揺れるノワールの尻尾が、時折オリアのスカートを掠《かす》めた。

　ふわふわの毛並みを撫で回したい衝動に駆られるけれど、ここはぐっと我慢だ。彼はべタベタ触られるのを嫌がる。眠る時だけは抱きつくことを許してくれるが、昼間は必要以上に構われるのを嫌う。だからオリアはノワールへ伸ばしそうになる右手を左手で押さえ込んだ。

――ああ……お日様に当たって、余計にモフモフしている。いい匂いがしそう……あのふっさりしたお腹に顔を埋めたら、最高に気持ちがいいだろうなぁ……

昨晩も眠る前に散々堪能《たんのう》したけれど、それはそれ、これはこれである。モフモフは毎日補充したい。仮に今が汗でべたつく季節で、抜け毛が肌に張りつくとしてもだ。

――肉球も触りたいなぁ。最近、ノワールったら全然許してくれないんだもの。けち。

ぷにぷにした肉球の感触を思い出し、オリアの口角は緩みっぱなしになった。あの独特の匂いも好きだ。一度思い浮かべると、ますます触りたくて堪らなくなってくる。今夜は強引にでも思う存分触らせてもらおうと決めて、大きく頷いた。

「……気味が悪いですよ。何を一人でニヤついているのですか」

「はっ」

またしても頭の中を覗かれたようなタイミングでノワールに声をかけられ、妄想の海を漂っていたオリアは現実に引き戻された。

気がつけば、もう教会が目の前だ。魅惑の肉球について考えるあまり、森を抜け町に辿り着いていたことにまったく気がつかなかった。

「ちょ、ちょっと……こんなところで喋るなんて……！」

　慌てて周囲を見回したが、幸い近くに人はいない。しかしここは家の中ではなく、屋外。誰かに聞かれる恐れがある。オリアが小声で注意すると、彼はわざとらしく『ワゥッ』と吠え、扉に続く階段の前で寝そべった。

　片耳をピルピルと動かし、『早く行きなさい』と態度で示す。

「もうっ。――それじゃ私は行ってくるから、ここで待っていてね」

　返事の代わりに、尻尾の先が左右に振られた。

　ノワールは悪魔だから教会には入れない。足を踏み入れた場合、具体的にどうなるのか彼は詳しく教えてはくれないけれど、何でも命に関わるらしい。

　それでもこうして律義に付き添ってくれるノワールに内心感謝して、オリアは重い扉を開いた。

　教会の中は薄暗く、静寂に満ちている。既に集まっている人たちは皆、それぞれ席に着いて思い思いに過ごしていた。

　オリアは後方の席に腰かけ、ホッと息を吐く。片田舎に建つ教会は、さほど大きなものではない。それでも歴史があり、見事な彫刻などが置かれている。それらを眺めるのがオリアは好きなのだ。

　聖人の姿や、奇跡の一節の再現。中でも優美な天使たちの像が素晴らしい。

優しい面持ちにしなやかでありながら中性的な肢体。人々に向け伸ばされた手には、力強さと慈愛《じあい》が満ちている。見ていると、心が安らぐ心地がした。

――それに何故か、面差しがヴァールハイトと少しだけ似ているのよね……

オリアには数少ない母親との思い出の中に、手を引かれて教会に行った記憶がある。勿論このグレイブールの教会ではなかったが、その時に見た天使の像もどこか彼を思わせるものだった。

――悪魔が天使に見えるなんて奇妙だけど……もしかしたら単純に、整った顔立ちだからそう思うのかな？

ひょっとしたら自分は面食いなのかもしれない。そんな馬鹿げたことを考えていると、オリアは肩を叩かれた。

「よく来ましたね、オリア」

「神父様」

声をかけてきたのは、去年からこの教会に派遣されているエルデフ神父だった。前任者が高齢により引退し、代わりにやって来たのが彼だ。

エルデフ神父は柔和な笑顔を浮かべ、目を細める。四十代後半と思しき彼は恰幅《かっぷく》がよく、見るからに人が良さそうな雰囲気を醸し出していた。

「ご自宅が遠いのに、立派ですよ。褒めて差し上げましょう」

「いえ、そんな……お褒めいただくことではありません……」

実際のところ神を信じているというより悪魔との生活のためなのだから、褒められることではない。謙遜《けんそん》ではなく本心からオリアが告げると、エルデフ神父は更に笑みを深めた。

「貴女は本当に控《ひか》えめな性格をしていますね。これからもその調子で、教会に通ってきてください」

「はい、ありがとうございます」

会話している間、ずっと肩に置かれたままだった彼の手がオリアを励ますように上下した。大きな掌はどことなく父親を思い起こさせる。微かな胸の痛みを覚え、オリアは軽く息を吐いた。

――前の神父様はお爺《じい》ちゃんだったから考えたこともなかったけど、お父さんが生きていたらあんな感じなのかな……

母親よりもっと記憶に残っていない父親。辛うじて覚えているのは、いつも何かの研究に没頭していた後ろ姿ばかりだ。分厚い本に囲まれ、気難しい顔をしていた。

そんな父を、母は尊敬していたと思う。「お父様はとても頭がいい人だ」と誇らしげに語ってくれた声がオリアの耳によみがえる。

あまり家庭的ではなかったかもしれないが、生真面目で熱心に何かを学んでいた父親と、それを懸命に支え尽くしていた母親。穏やかな家庭が、きっとそこにはあった。今はもう、なくしてしまった上に覚えていないことがとても寂しい――

「……痛っ……」

両親について無理に思い出そうとすると、いつも頭痛がした。今日もまた眩暈《めまい》に襲われ、オリアは目を閉じる。

焦らなくても、いずれは思い出せるだろう。たぶんノワールとの『契約』についても同じだ。時が来れば、そのうち必ず。

オリアは天使の像を見つめ呼吸を整えた。

教会の中、神に頭《こうべ》を垂れながら、考えるのはたったひとりの悪魔のこと。今も外で寝そべり、不機嫌な顔のまま待ってくれている彼を思い、オリアは指を組み合わせ祈りを捧げた。

神父の声が響く心地よい空間で、神ではなく悪魔を想う。

誰よりも大事で愛しい存在。奪われたくない。離れたくない。他に家族がいないから比較できないけれど、他の人も親兄弟に対し、こんなに強い執着を持つのだろうか。

――窓の修理があるから、今日はまた人の姿になってくれるかな……

オリアはモフモフの狼姿のノワールが大好きだ。特に夜はあの毛皮に包まれないと安眠できない。日向《ひなた》の匂いがする背中を撫で、柔らかい首筋の毛に顔を埋めるのが最高なのだ。くっつきすぎて肉球で額を押し返されるのも堪らない。低い唸り声さえご褒美そのもの。

それでも――最近めっきり見せてくれなくなったヴァールハイトの姿も恋しい。幼い頃は兄としてずっと傍にいてくれたからだろうか。

大きな掌で頭を撫でてもらいたい。昔はよく抱きしめてくれたのに、この数年は完全にご無沙汰だ。羽をしまうのが窮屈なら、家の中でくらい人型で過ごせばいいと言っても、彼は必要に駆られなければ頑なに狼姿のままだった。

何か彼なりの理由があるのだろうが、語ってくれない。

――嘘は吐かないけど、いつも巧《たく》みにはぐらかすんだもの。

悪魔は嘘吐きで人を惑わす生き物だと教会では教えられている。だが彼に関して言えば、そうとは思えなかった。ノワールでもヴァールハイトでも、彼には嘘を嫌う潔癖さがある。憎んでいると言っても過言ではない。彼自身が口にするのは勿論、オリアが小さな偽りを言うのも嫌悪するのだ。

過去、オリアの家に侵入した暴漢が保身のために嘘を語った瞬間、問答無用で食い殺したこともある。

当時の凄惨《せいさん》な現場を思い出しかけ、オリアは強引に追憶を断ち切った。

――いくら私を守るためとは言え、あれはやりすぎよね……泣いて嫌がったら、二度としないと渋々《しぶしぶ》約束してくれたけど……あの時ほど、ノワールを悪魔だと実感したことはないわ……

当時の犯人は、巧みな嘘でオリアを騙《だま》し、殺害を目論《もくろ》んでいたそうだ。ノワールが素早く気づいて守ってくれなければ、最悪の結果になった可能性が高かった。

――ああ……久しぶりにヴァールハイトと一緒に食事がしたいな……ノワールとじゃ、私だけ椅子に座った状態だもの。何だか寂しい。

無意識に、オリアの口からは深い息が漏れていた。

そしてふと顔を上げれば、いつの間にかミサは終わっていたらしい。どうやら随分長く物思いに耽っていたようだ。つまり、聖なる教会でずっと悪魔について考えていたことになる。

これでは、せっかく褒めてくれた神父にも申し訳ない。オリアは苦笑しながら立ちあがり、帰る人の流れにのって教会の外に出た。無意識に深呼吸し、雑踏《ざっとう》に耳を傾ける。

「――グルル……」

「お待たせ、ノワール。待っていてくれて、ありがとう」

階段を下りると、寝そべっていたノワールがのっそりと起き上がった。鼻先をオリアの靴に押し当て、獣とは思えぬほど表情豊かに『不満』を表現する。大方、『臭い』と言いたいのだろう。悪魔である彼にとっては、教会に関する匂いはとても不愉快なものらしい。だったら嗅《か》がなければいいのに……という言葉をオリアが呑《の》み込んでいると、ノワールがグイグイと身体をすり寄せてきた。匂いの上書きである。かなり力強く頭突きの勢いで全身を押しつけられるためオリアはよろめいたが、この瞬間は嫌いじゃない。むしろ好きなので、彼の好きなようにさせた。

――可愛い。

口に出せば吠えられることは分かっている。そのためわしゃわしゃと撫で回したい気持ちを抑え、緩みそうになる頬を引き締めた。

ノワールはひとしきりオリアに身体を擦りつけ、匂いを確認すると満足したらしい。何事もなかったようにプイッとそっぽを向いた。

そんな彼を横目で楽しみ、オリアがふと空を見上げれば、朝よりもどんよりと薄曇りになっている。天気が崩れ始めているのか、風が僅かに湿っていた。

「何だか雨が降りそうね。急いで窓ガラスを買って帰ろう。荷車も手配しなくちゃならないし」

オリアの言葉に、黒い狼がフンッと息を吐く。ついて来なさい、と言わんばかりの足どりで前を歩き出した。勝手なものである。

本来、犬とは人間のよき友であり、従順な生き物であるはずだ。いや、ノワールは犬でなく狼だが。正確に言うと、狼でさえないのだが。

しばらくして辿り着いたのは、馴染みの店。家の修理や改築、建築などを請け負ってくれる店舗だ。腕のいい職人がおり、材料も豊富に揃《そろ》っているのだが――

「えっ？　品切れですか？」

「ああ。その大きさの窓ガラスは今売り切れ中なんだ。しかも改修やら建築やらの予定が沢山入っていて、職人は出払っている。予約してもらっても、かなり待ってもらうことになっちまうなぁ」

「そんな……」

大きな町ではないので、職人はさほど多くない。ガラスを扱う工房も同じだ。ここで手に入らなければ、他の店に行っても同様だろう。

オリアは予想外の事態に呆然《ぼうぜん》とした。

「……どうしよう……しばらくの間、板と布で凌《しの》ぐ……？　でも雨が降りそうだし……」

良くも悪くも、森の中は自然豊かだ。虫程度なら構わないけれど、蛇《へび》が入ってきたらと考えると流石に寒気がした。

とは言え、がっちり窓を塞いでしまうと、今朝のように室内に光が入らず薄暗い。これでは朝の訪れがよく分からず、体内時計が狂ってしまいそうだ。今朝だって、危うく寝坊しかけたのに。繕《つくろ》い物の仕事にも支障が出るだろう。

窓を塞いで雨や蛇に万全の対策を採《と》るか。それとも開け放ち、多少の弊害には目を瞑るか。オリアは思い悩んだが、どちらも気が進まなかった。

「どうする？　注文だけしていくかい？」

「だけど、いつできあがるか分からないんですよね？」

「何日までにとは約束できないなぁ」

「――おおい、雨が降ってきたぞ。外に並べてある商品を中にしまってくれ」

オリアが返事を決めかねていると、別の従業員が店内に飛び込んできた。濡れた頭はそのままに、店頭に出してあった看板や椅子などを運び込む。雨足がかなり強いのか、地面を打つ雨音が聞こえてきた。

「いやぁ、急に降ってきたなぁ。まだもう少し持つかと思ったのに」

「しかもしばらくやみそうにない。こりゃあ二、三日降り続くかもな！」

「ええ……そんな……」

ついてない。オリアは頬を引き攣《つ》らせながら、外に目をやった。

男たちの言う通り、曇りだった天気は今やいきなりの豪雨だ。降りしきる雨でけぶり、往来の向こう側も見えなくなっている。店の屋根を叩く雨粒の勢いは増すばかりだった。

「最悪……」

これでは他の工事も一時中断だろう。つまり、職人たちは尚更こちらにまで手が回らない。オリアが窓ガラスを手に入れられるのは、いったいいつになることやら。それ以前に今日これから家に帰るのも一苦労だ。

憂鬱の溜め息をこぼし、オリアは自分の足下に蹲《うずくま》ったノワールに目をやった。

漆黒の毛を纏った悪魔が狙いすましたように伏せていた顔を上げ、瞳を細める。その双眸は、愉悦に満ちていた。

「……あぁ……」

もう選択の余地はない。

オリアは決意を固め片膝をつくと、大きな狼の首に縋りついた。ピンと立った三角形の耳に唇を寄せる。そして周囲には聞こえないようごく小さな声で囁《ささや》いた。

「……対価を支払うわ。だからノワール、何とかして」

「グルッ……」

喉奥の唸りは、不機嫌故《ゆえ》ではない。むしろ上機嫌な時のものだ。

赤い舌を蠢かせた彼が、オリアの顔をべろりと舐《な》める。『了解』の意味であることは、考えるまでもなかった。

ノワールは行儀よくお座りすると、凶器じみた牙を剝き出しにする。笑っているつもりらしい。まさしく悪魔の凶悪さを孕《はら》んだ笑みに、オリアは早くも後悔し始めていた。だがしかし、ここは仕方あるまい。

「……帰ったら支払うから」

その言葉忘れないでください、と彼の瞳が雄弁に語っている。人の世界に魔力で干渉する場合、悪魔は対象者から『対価』を得る必要があるのだ。そうしないと上手く力が使えなかったり、罰を受けたりすることもあるらしい。悪魔の世界にも決まり事や制約があるのだと、彼と暮らすようになってオリアは初めて知った。

　とは言え、もともとはノワールが窓を破壊したからこんな事態になっているので、いささか納得がいかない。けれどごちゃごちゃ文句を言っている余裕はなく、オリアは腹をくくった。

「すみません、一旦家に戻って考えます」

「え、帰るのかい？　せめてもう少し雨が弱まるまで待った方がいいんじゃないか？」

　店を出ていこうとするオリアに、店主がそう声をかけてくれた。優しい提案を首を横に振って断り、一人と一匹は外に出る。たちまち全身ずぶ濡れになったが、思い切って駆け出した。

「……どう頑張っても濡れますから、走るだけ無駄でしょう。人間はとことん非合理的ですね」

「そう言って、ノワールだって走っているじゃない。あと、いくらひと気がなくても、喋らない方がいいわよ」

　悪態には悪態で返し、それでもオリアたちは足を止めなかった。軒先で雨宿りしている人がほとんどなので、往来は人通りが少ない。慌てて移動している人も自分のことに精いっぱいな上、雨音に全てが掻き消されている。誰もオリアが連れた獣が口をきくなんて想像さえしないだろう。

泥を跳ね飛ばしながら大通りを抜け路地裏に入れば、一層ひと気がなくなった。

庇《ひさし》の下に避難したオリアは濡れた服を絞り、三つ編みから滴《しずく》る滴も拭《ぬぐ》う。もう靴の中までびしょ濡れだ。隣ではノワールが全身を震わせて水気を払っていた。

「うわっ、ノワール！　わざと私に引っかけているでしょう！」

「被害妄想ですか。面倒臭い」

そう言って、余計に激しく水滴を散らすのは絶対にわざとだ。オリアは頬を膨らませつつ、まだあまり濡れていないハンカチを取り出し、彼の全身を拭ってやった。

「……まずは自分の身体を拭きなさい。貴女に風邪を引かれると、私が看病しなければならないじゃないですか」

「ふふ、そしたら久しぶりにヴァールハイトが作ったご飯が食べられるかな」

オリアが子供の頃は、家事の大半を彼がこなしてくれていた。今は自分が引き受けているけれど、基本的に料理も掃除もヴァールハイトの方が得意なのである。

「何ですって？　まさかそんなくだらないことのために体調を崩すつもりじゃありませんよね」

「くだらないことじゃないよ。私、貴方の作ったご飯が大好きだもの」

狼の体毛は表面の水滴さえ何とかすれば、内側まではあまり濡れないらしい。オリアはクシャミを一つすると、彼の首に抱きついた。

「温かい」

「……もっとくっつきなさい。熱を出されたら厄介です」

普段は離れろと言うくせに、こんな時のノワールは寛大だった。大きな身体でオリアを温めようとしてくれる。

乾いた段差に腰かければ、彼は伏せた己の横腹にオリアを凭《もた》れかけさせ、包み込むように身体を密着させてくれた。

「……何か安心する」

「貴女は本当に単純ですね。……どうしますか？　もう一つ対価を支払えば、特別に家まで瞬きの間に運んで差し上げます。大盤振る舞いで髪も服も乾かしましょう。この雨は今日中にはやみませんよ」

「……そっか。じゃあいくら待っても無駄だね」

本音では、何時間でもこうしていたい。ノワールとゆっくり過ごす時間が大好きだから、オリアは濡れたままでも苦痛はなかった。だが今日中に戻れなくなるのは困る。この雨足の強さでは、応急処置を施しただけの家が水浸しになりかねないためだ。

「じゃあ、お願い。ノワール、私の望みを聞いて」

「喜んで。貴女は私の契約者です。何でも願えばいい。その願望の大きさに合わせて、私は対価をいただきます」

「うん。とりあえず人目につかないように、できるだけ早く家に帰りたい」

「了解しました。――対価として貴女の穢《けが》れのない唇を蹂躙《じゅうりん》させていただきます」

ほんの一瞬。目を瞑り、オリアが瞼を押し上げた瞬間には、周囲の景色が一変していた。

薄汚れた路地裏から、見慣れた家の中へと。

天気が悪く窓が塞がれているせいで酷く暗いけれど、今朝家を出てそのままの部屋の中にオリアたちは移動し、向かい合って座っていた。

髪も服も濡れた形跡さえない。まるで雨に降られたことが夢だったみたいだ。

「……何度経験してもすごいね」

「黙って。早速対価をいただきます」

大きく口を開いた狼が、怖いほど真剣な面持ちで一歩詰め寄ってきた。どこか余裕のない雰囲気に、何故かオリアの胸が大きく脈打つ。息を呑んだ直後には、ノワールの長い舌がこちらの口の端を擽《くすぐ》っていた。

「擽ったい」

「静かに」

引き結んだ唇の上をざらつく大きな舌が這い回る。獣の顔がより接近し、吐息が混ざり合った。

牙が触れないよう気をつけてくれているのが伝わるけれど、こそばゆい。次第に唇だけではなく、顔全体を舐め回されるようになった。もはや獣の唾液でべちょべちょである。雨の音だけが満たしていた空間を、乱れた呼吸音が侵食する。オリアとノワールの距離も短くなり、いつしか一人と一匹はしっかり抱き合っていた。

と言っても、彼の首に腕を回したオリアが床に押し倒され、ノワールの太く毛むくじゃらな前脚に押さえ込まれているのも同然の体勢である。

「……は……っ」

たぶんこれはキスとは呼べない。

相手は人間ではないし、そもそも唇を押しつけてもいないからだ。ただ大型犬にじゃれつかれているのと変わらない戯《たわむ》れ。獣じみたやりとりに、名前などない。

けれどオリアとノワールには意味のある行為。彼にとっては対価として価値があるらしい。片や、オリアにとっては――ほんの少しいやらしくてドキドキする時間だった。

ただ舐めるのとは違い、唇を重点的に舌で擽られるせいか。しかも時折オリアの口内にほんの少しノワールの舌が入り込んでくる。

子供の頃は何かお願いを魔力で叶えてもらうと、『毛繕い』や『食事の支度』などを求められた。それが変化したのはいつからだろう。願いの内容に大差はないのに、気づけば少しずつ毛色の違う対価を求められるようになっていた。

自分の考え過ぎかもしれない。この行為が口づけでないのなら、悪魔にとっては何か別の意図がある可能性も考えられる。だとしたら変に意識していることが恥ずかしかった。

オリアが『気持ちがいい』と感じること。それが大事なのだと彼は言う。ならば、この口づけ未満の行為を自分は気持ちがいいと感じているのか。

認めるのは悔しいし恥ずかしい。何だか素直には受け入れられない。いや、そもそもいやらしく感じるオリアの方がおかしい可能性もある。『気持ちがいい』にも色々な種類があるはずだ。別に卑猥なものだけではあるまい。

――疲れた時に身体を揉んでもらったり、伸びをしたりすると気持ちがいいものね。ああいうのと同じなのかもしれないわ。

しかし今日はちょっと対価の支払いが長すぎやしないか。これまでと比べて執拗かつ濃厚な気がする。彼の舌がこちらの顎から首筋をひと舐めして、オリアの全身が戦慄《わなな》いた。

――待って。もしこれがいやらしい意味を含まないのだとしたら……まさかノワールはどちらかと言えば食欲を刺激されている……？　そうよ、これってひょっとして捕食の体勢じゃない……っ？

ハッと気がつきオリアが目を見開くと、至近距離で赤い瞳がこちらを凝視していた。爛々《らんらん》と輝く双眸は、完全に獲物を狙う肉食獣の眼差しだ。

「ひぇっ……！」

　本能的に、食われると感じた。それこそ頭から丸呑みされる予感がし、オリアは慌てて彼の身体の下から脱出を図る。しかし悪魔は人間如《ごと》きの逃亡を簡単に許してくれなかった。

「契約を違えないでください。まさか今更、対価を踏み倒すつもりじゃありませんよね。私は貴女をそんな薄情者に育てた覚えはありません。悪魔を謀《たばか》れば、相応の報復を覚悟していただくことになりますよ」

「そ、そんなつもりじゃないし、何だか言い方が高圧的すぎて、素直に『ごめんなさい』とは言いたくない気分になるんだけど……！　だって何だか今日はすっごくしつこくて、ねちっこかったんだもの！」

　だが気圧《けお》されていてもオリアだって負けていない。下からノワールを睨めば、彼は軽く瞳を細めた。

「生意気な小娘ですね……親の顔が見たい」

「育ての親という意味なら、ほぼ貴方だよ……」

　ろくに覚えてすらいない両親より、彼の方を家族として認識している。だから素直にそう告げれば、ノワールは心底嫌そうな顔をした。

「私は子供を持った覚えはありません」

「あ！　齧《かじ》らないで！　甘噛みでも結構痛い。いや、痛くないけどとりあえず怖い！」

　立派すぎる犬歯の感触が首筋に当たり、オリアは本能的に竦《すく》み上がった。硬く鋭い凶器が急所に触れるのは、理屈抜きに恐ろしいのである。いくら相手にその気がなくとも、『ちょっと引っかかっちゃった』程度でこちらは即あの世行きになりかねないのだから。

「ふん……生意気な口をきくからですよ。まぁ許して差し上げましょう。ひとまず移動の対価はいただきました。次はあれですね」

「わっ……」

ノワールがオリアに覆い被さっていた身体を起こし、高く遠吠えした。喉を晒《さら》したその姿は、どこか神々しく同時に物寂しい。まるで何かを天に訴えかけようとしているようだ。

何度も目にしているけれど、オリアはいつもそう感じた。

孤高の狼が、限界まで空を仰《あお》ぐからかもしれない。野生の狼ならば普通、群れで生活するもの。はぐれているのはその個体自体に何らかの原因がある場合がほとんどで、集団にとけ込めない、排除されるだけの理由があるのだ。

――ノワールの正体は悪魔だから、本物の狼の生態とは違うのかもしれないけど……

まるで仲間を求め戻りたいと叫んでいるように見えて悲しくなる。ただの感傷にすぎないのに、『大丈夫だよ』『私が一緒にいるよ』と言ってあげたくなるのだ。

――悪魔にこちらの常識を当て嵌めるなんて変なのかな……

それでも共に過ごしてきた年月の分、オリアは彼のことを理解しているつもりだ。未だに、自分には決して見せてくれない一面があることも含めて。

長く尾を引いた遠吠えが消える頃、窓ガラスは再構築されていた。張り付けてあった無《ぶ》粋《すい》な板や布は、跡形もなく消え失せる。雨音が一瞬途切れ、屋根を叩く水音が戻った時には全てが終わっていた。

「これでいいですか？　我が主《あるじ》よ」

「……主だなんて思っていないくせに……」

「いいえ？　一応これでも、敬意は払っているつもりです。こうしてちゃんと貴女の願いを叶えているでしょう。――たとえ私の一存で破棄できる弱い契約であっても」

オリアとノワールは確かに主従の契約を結んでいる。しかしそれは不完全なものだった。

本来悪魔は、召喚に成功した相手に屈服させられるか、利害が一致した場合、血の契約を交わす。呼び出しただけでは、まだ人は返り討ちにあいかねないのだ。

故に力のある悪魔を召喚するには、術者の力量が問われる。未熟なまま相手と対峙すれば、悲劇的な末路を迎えることとなるためだ。

そういう意味では、どう考えてもノワールはオリアの手に負えるような悪魔ではない。

彼は地獄で侯爵の地位を持つ高位悪魔だ。何の素養も知識もなく、修行の類もしていない子供になど呼び出せるはずがなかった。

だがしかし何の因果か偶然か、ノワールはここにいる。十年間もオリアの傍で契約に従っていた。その理由は。

「悪魔は気まぐれなもの。たまにはこういう関係も面白いものです。どうせ人間の一生など、私たちにとってはたいした長さじゃありません。貴女は私に見捨てられないよう、精々頑張ってください」

「全然私が主って気がしない……むしろこっちが隷属《れいぞく》してる気分になる……」

契約書は彼が持っているし、オリアには自分がノワールを呼び出した当時の記憶がないのだ。これでは彼の言うことが正しいかどうかも確かめられず、上手く言いくるめられているのかも、とも思う。しかしいくら物好きな悪魔だとしても、どこの誰が好き好んでこんな小娘一人を謀り十年も育てたりするだろう。

それに――

「貴女が私の契約者であり、主です。それは信じてください。私は嘘だけは絶対に吐かない」

彼は、真実しか口にしない。それはノワールの姿の時でもヴァールハイトの姿の時でも変わらないのだ。質問をはぐらかし、巧みにごまかすことはあっても、偽りだけは決して口にしない。その点だけは間違いなく信頼に値した。

「……そうだね」

「もっとも、問われない限りは何も教えるつもりはありませんけど」

「……やっぱり悪魔だ……」

「その通りです。褒め言葉として受け取っておきましょう」

誠実であり不誠実でもあるオリアだけの悪魔。彼は凶悪な笑みを浮かべ、ゆっくり形を変えた。

「……あ」

黒い狼が人の姿になる。黒い前髪から覗く赤い瞳が、ひたりとオリアに据えられた。のしかかる感触と重みが変わる。

思わず見惚れる秀麗な美貌。至近距離で見つめる男性の姿は、何故かオリアの胸を締めつけた。

「ど、どうして今そっちの姿になるの……」

「次の対価を受け取るには、こちらの方が都合がいい。獣の姿では貴女を傷つけそうです。狼のままでいると、どうしても残虐性《ざんぎゃく》や己の欲を律し切れませんから」

「で、でもここ最近はずっとノワールの時に対価を支払ってきたじゃない……」

オリアの唇や唾液に塗れた肌に、先ほどの喜悦《きえつ》がよみがえった。舐め回された淫猥な感覚が、まざまざと思い出される。あまりにも淫らな感触の再現が、オリアの頬を染めさせた。

「家中の窓を直すには、それなりに魔力を使いました。先刻の対価では足りません。自信、快楽の感情こそが我が力の源。……貴女のその感情を寄こしなさい」

美しい容貌が近づいてくる。押し倒された状態のままだったオリアは、動揺で瞳を揺らした。

狼と戯れていたのとはわけが違う。いくら中身と目的が同じでも、ヴァールハイトは成人男性の姿なのだ。唇同士を触れさせれば、それはすなわち口づけになる。たとえ彼がそう思っていなくても――

「だ、駄目ぇええっ！」

「ふがっ」

羞恥《しゅうち》に負け、オリアは咄嗟に両手を突き出した。ヴァールハイトの顔面に入った掌は見事に彼の口と鼻を押さえ込む。むしろ勢いがつきすぎて掌底《しょうてい》を食らわせた状態になった。

「……ぁ」

やりすぎた。秀麗な悪魔が自分の顔を押さえもがき苦しむ姿は、かなり珍しいのではないだろうか。

「ご、ごめんなさい……ヴァールハイト」

「うぐぐっ……」

流石に反省し、オリアは素直に謝った。だが、彼は涙目になりながら恨めしげな視線をこちらに寄こす。ちなみに鼻が真っ赤だ。そんな有り様ですら格好いいのだから、美形は得だと言わざるを得ない。

「……先ほど言いましたよね？　悪魔を謀れば、相応の報復を覚悟しなさい、と」

「た、謀ってなんていないないし！」

「対価の支払いを拒むのは充分契約不履行に当たりますよ。貴女、私に食い殺されたいのですか」

ただの脅しとは思えないほどの凄《すご》みを漂わされ、オリアはもげるほど高速で首を左右に振った。

「滅相もない！　で、でも何だか……その、照れるって言うかヴァールハイトの姿が見られるのは嬉しいんだけど、その姿だと妙にいやらしく感じちゃって……」

一人意識していることを知られるのも気恥ずかしい。これはただの支払い。分かっていても、乙女心が追いつかないのである。

「でしたら、獣の姿で対価を受け取りましょうか？　ただしその場合、勢い余ってバキッ、ガブッ、メシャァといく恐れがありますけど。私の牙と爪に対して、人間の身体はとても脆弱ですからね。一応気をつけますが、保証はできません」

「……遠慮します……」

彼が自分を傷つけるとは思えない。しかしものの弾みということもある。ノワールにとっては触れただけでも、彼の爪と牙はオリアの肌を容易に引き裂きかねないのだ。

「だいたい気にしすぎです。私にとって人の自信や快楽を食らうことは食事と一緒。それもちょっと豪華な食事です。食べなくても死にはしませんが、力が湧かなくなります。魔力を使った後のご褒美と同じですよ」

そうきっぱり言われると複雑な心地がした。

この行為に『心』は介在しないのだとはっきり告げられたのも同然だからだ。

――何故だろう……胸が痛い。そんなこと、最初から分かっていたのに。

己が傷ついた自覚さえなく、オリアは首を傾げた。モヤモヤする蟠《わだかま》りの名前を、自分は知らない。ただ何となく気持ちが悪く、据わりの悪い椅子に腰かけた気分で、身を強張らせた。

「オリアが子供だった頃は、貴女のお手伝いを褒めることで生じた『自信』の感情で対価は充分でしたが、今はそれでは足りません。手っ取り早く支払うなら、『快楽』を寄こしなさい。それとも、強引に引き摺り出されたいですか？」

何を、と問う勇気はなかった。内臓的な意味でなく、官能的なことを示唆《しさ》しているのは、ヴァールハイトの目が艶めかしい色を帯びたことで分かったからだ。

どうやら『いやらしい』と感じていたことに間違いはなかったらしい。

「……支払う、よ」

拒めないことは、初めから理解していた。だがどうしようもなく羞恥が勝ってしまうのだ。ずっと一緒に暮らし、同じベッドで寝ているし、何なら互いの裸くらい幾度も目にしている（そもそもノワールは自前の毛皮だが、素っ裸同然だ）のに、どうしてかヴァールハイトの姿を前にするとざわざわと胸が落ち着かない。

理由の分からないモヤつきがオリアの内側に蓄積していくばかりだった。

「よろしい。では力を抜いて」

「ふ……っ」

獣のものより柔らかな彼の髪の感触がオリアの肌を掠め、搔痒感《そうようかん》から甘ったるい声が漏れてしまった。赤らんだ頬を見られたくなくて顔を逸らせば、顎を捕らえられ、引き結んでいた唇を淫らに舐められる。

驚きのあまり跳ねた肩から鎖骨を辿られ、ヴァールハイトの指先がオリアの胸の間に置かれた。

「ひゃっ……」

「直接触りますよ」

予告されると余計に恥ずかしい。「どうぞ」なんて言えるはずもなく、できたのは唇を嚙み締めることだけ。きっと今、オリアの全身は真っ赤に上気していることだろう。心臓が怖いほど疾走《しっそう》していた。

前開きのボタンを外され、下着が露出する。正直なところ、夜に寝間着姿でベッドに寝転んでいる方が無防備だが、それとこれとは心情的に別だった。

真っ昼間、床の上で重なり合っていると、悪いことをしている気分になる。背徳感に炙《あぶ》られて、冷静な判断力がなくなっていくみたいだ。次第にものが考えられなくなり、互いの息遣いに耳を奪われる。そうなればもう、意識の全てがヴァールハイトだけに向いていた。

相変わらず雨は降り続いているが、窓から差し込む光に透け、彼の黒髪がサラリと揺れる。狼の時はふわふわとしているのに、人の姿では直毛だなんて不思議だ。鋭く赤い眼差しも同じであって同じじゃない。ほんの少し柔らかい印象に感じるのは、オリアの勝手な思い込みだろうか。

――こんなことなら、窓を直すのを後回しにしてもらえばよかった……！

たぶん日が落ちて薄暗ければ気にならなかっただろうに、見えなくてもいいものがばっちり視界に飛び込んでくるから猛烈に恥ずかしい。

例えば、微かな劣情《れつじょう》を孕んだヴァールハイトの双眸。悩ましく寄せられた彼の眉。僅かに乱れた呼吸。

そういった諸々が、いちいちオリアを動揺させる。喘ぐように息を継げば、ヴァールハイトの指先が口内に侵入してきた。

「んんっ……」

「噛んだら怒りますよ。ほら、舐めて。できるだけいやらしく。上手にできたら対価の一部にしてあげましょう」

そんなことを言われても、どうすればいいか分からない。飴を舐めるのとはわけが違うのだろうし。

困惑したオリアは、おずおずと自らの舌を差し出す。

他人の指を舐め回すなんて初めての体験なので、加減が難しい。舌を絡ませ、時折頬を窄《すぼ》ませ吸ってみた。自分なりに工夫して強弱もつけてみる。尖らせた舌先で彼の爪を辿ると、ヴァールハイトが深く嘆息した。

「下手ですね……」

酷い。これでも一所懸命やっているのに。せめて努力を認めてほしくてオリアが彼を見上げれば、白けた表情のヴァールハイトがいた。ただし耳は赤い。まったくお気に召さなかったわけでもないらしい。

「……ふなおひゃない（素直じゃない）」

気分としては、『ふふん』と笑いたいのを我慢し、オリアはニンマリと口角を上げた。こうなったらもっと頑張ってやる。負けず嫌いの性格に火がつき、一層器用に舌を動かした。過去、これほど必死に何かを舐めたことがあるだろうか。いや、ない。

「ははっ、擽ったいです」

だがオリアの意に反して彼は耐え切れないといった様子で噴き出した。違う。そうじゃない。自分はヴァールハイトを笑わせたかったのではなく、もっと性的に追い詰めたかったはずなのだが。

「小動物のようで、庇護《ひご》欲と加虐心《かぎゃくしん》が刺激されますね」

「……」

悪魔に人並みの感慨を求めたことが間違いだった。

すっかりやる気を失ったオリアの口から、男性にしては細く長い指が引き抜かれる。銀の橋がヴァールハイトの指とオリアの唇に架かり、音もなく途切れた。

「どうせ私は上手なやり方なんて知らないもの。——あっ」

オリアは拗ねた気分で文句を言おうとしたが、その前に言葉を失った。彼がオリアの唾液で塗れた指を、何の躊躇いもなく己の口に運んだからだ。

その光景から目を逸らせない。

人差し指から中指へ、ヴァールハイトは一本ずつ丁寧に舌を這わせてゆく。オリアと目を合わせたまま。焦げつくような熱い視線を絡ませ、互いに言葉もなく相手を凝視していた。

「……っ」

胸が苦しい。はち切れそうに溢れる想いの名前が見つからない。ただ、嫌ではないことだけは確かだった。

これもまた口づけではないのに、どうしようもなく淫靡《いんび》な気分になる。皮膚同士は触れ合っておらず、オリアはヴァールハイトの唇の柔らかさを知らない。獣の舌の感触は教えられているのに、とても歪だと思う。つい、口寂しさを感じずにはいられなかった。

「……いやらしい、よっ……」

「オリアの心臓がドキドキ高鳴っていますね。まだろくに触れてもいないのに。いやらしいのはどちらでしょう?」

耳朶《じだ》に触れそうなほど彼の顔が寄せられ、吐息と共に美声が注がれた。こそばゆさに、オリアの全身が粟立つ。鼻に抜けた悲鳴は、掠れていた。

「やっ……」

「もっと卑猥な声を聞かせてください。貴女の快楽を解放なさい」

下着の上から乳房を摑まれ、喉が震えた。

クラクラする。頭がぼうっとして上手くものが考えられない。上下するばかりの胸は役立たずで、一向に呼吸は楽にならなかった。

「こ、こんなことが対価になるの……っ?」

「なりますよ。だって、気持ちがいいでしょう?」

「ふ、ぁっ」

芯を持ち始めた胸の頂を摘まれ、オリアは甲高く鳴いた。ぞわっと頭に妙な感覚が駆け抜ける。

　服と肌の境目を辿られ、肌が汗ばんでいることを知られてしまった。

「ヴァールハイトの触り方、何だか変っ……」

「息を乱しておいて、よく言いますね。ああ、別のところに触れてほしいという意味ですか？」

「やっ……！」

　スカートを捲《まく》られ、太腿を撫で上げられた。そんな場所、これまで一度も触られたことはない。驚きすぎて、オリアは硬直した。

「安心なさい。一番大事な部分には触れませんよ。今回の対価は、そこまで大きなものではありませんから」

「……え、ぁ、え？」

　一番大事な部分とはどこだろう？

　動揺していたオリアは本気で分からなかった。しばし啞然として無為《むい》に瞬きする。微妙な沈黙の後、彼が嫣然《えんぜん》と微笑んだ。

「おや、残念そうですね。もしかして触ってほしかったですか？」

「ど、どこを？　んん……ッ？」

　脚の付け根を彼の膝で押され、反射的に身を竦ませた。覚えのない甘い感覚が駆け巡る。

性的な快楽など知らないオリアは大いに困惑した。

こんなゾクゾクとするものを体験したことはない。落ち着かなくて脚をもぞもぞと動かしてしまう。だがオリアの両膝の間にはヴァールハイトの右脚が鎮座している。逃げることも躱《かわ》すこともできず、一層淫らに押しつけられた場所から淫悦が弾けた。

「ひゃぅっ……！」

「ああ……無垢な乙女の味は濃厚ですね。もっとじっくり引き出して堪能するつもりでしたが、充分対価に見合ってしまいました」

うっとりとした声をこぼした彼が舌なめずりをした。涙で滲んだオリアの視界の中で、圧倒的な色香を滴らせるヴァールハイトから目が逸らせない。惹きつけられ、囚われる。

言葉にできない感情が膨れ、オリアはか細く息を吐いた。

「……破廉恥。もうこんなこと……したくない……っ」

「それが私の餌《えさ》ですから。ごちそうさま、オリア。貴女の快楽は極上の味でしたよ。叶うならもっと食らいたいほどでした。次回はより大きな望みを叶えさせてください。そうすれば、今日以上に気持ちよくして差し上げます」

お断りします、という返事は彼の耳に届いただろうか。己の嬌態《きょうたい》を思い返し、自己嫌悪に陥《おちい》る。半ば呆然と横たわったオリアは、放心状態のまま自らの顔を両手で覆った。

2　乙女はそのモフモフに跨《また》がりたい

三日間降り続いた雨がやんだ。

絶好の洗濯日和である。オリアが起床してまずしたのは、溜まった洗濯物を片付けることだ。いくら実質一人暮らしと言っても、汚れ物は日々溜まる。

燦々《さんさん》と降り注ぐお日様の下にひるがえる洗い物は見ていて清々しい。森の中の家から町へ向かう道中も、ほとんどの家で沢山の洗濯物がはためいていた。

「雨が降らないのも困るけど、毎日どんより天気も辛いよね！　まぁ、連日暑くなるのは日焼けしそうで嫌だから、何事も適度がいいわ」

「人間は我儘《わがまま》ですね。だったらいっそ私たちの住む世界に来ますか？　あそこはずっと夜です。天気の良し悪しもない。気温は常に安定しています。ただし氷山や火山が無数にありますけど」

「それはそれで辛いので、遠慮するわ……」

天候に左右される暮らしは煩わしいことも多いが、季節や一日の移ろいがオリアは好きだ。文句はちょっと言ってみたかっただけである。

「貴女は本当に、言っていることが一定しませんね。思考が散漫です」

「思ったままを口にできるのは、素直さの証明だもの。ノワール、そんなことより、もうそろそろ人通りが多くなるから、その口を閉じた方が身のためよ。でないと化け物が出たぞって捕まっちゃうから」

「……自分から話しかけておいて黙れと宣《のたま》う……何て身勝手な女なんでしょう。呆れてものが言えません」

「充分言っているじゃない！」

減らず口を叩き合いながらオリアは目的の店に向かった。今日は頼まれていた繕い物が完成したので、届けに行く日だ。貴重な現金収入を得るため、労働は欠かせない。幸い裁《さい》縫《ほう》の腕がいいオリアは、食べるのに困らない程度には稼ぐことができている。町の仕立屋から一部仕事を回してもらっているのだ。

ノワールは「貴女が働かなくても、私が魔力でどうとでもして差し上げます」と言うが、それには当然対価が必要になる。『お手伝い』程度で済んでいた頃ならいざ知らず、最近求められる対価は少々オリアを戸惑わせる。だからできる限り彼の力に頼りたくなかった。

何よりも健康な心と身体を持つ大人として、自らの足でしっかり立つのは当然のことだと思っている。

「次もいっぱい依頼があるといいなぁ。今日は報酬をいただいたら、少し贅沢《ぜいたく》に甘いお菓子を買って帰ろうかしら。今回は私ちょっと頑張ったから、自分にご褒美が欲しいな」

最近できた新しい菓子店に思いを馳《は》せ、オリアの口元が綻《ほころ》んだ。まだ食べたことのない甘みを想像しただけで幸せな気分になってくる。

「そんな高いものを買わずとも砂糖の塊《かたまり》を舐めなさい。そしてもう少し贅肉《ぜいにく》を増やすとよろしい」

「ノワールは黙ってて！　自分だってお酒や魚や肉が大好きなくせに。私に言わせればお酒なんか、とっても無駄なものなんだから」

オリアが言い返すと、彼は聞こえていない振りをした。獣の自分には人間の言っていることなど分かりませんといった風情で完全に無視している。悔しい。思い切り罵《ののし》りたいところだが、ここは町中の往来だ。

渋々堪え、オリアは怒りを鎮めるため遠くを見つめた。

「ふんだ。ノワールの戯言《ざれごと》に付き合ってあげられるほど、私は暇じゃないの。さ、お仕事をもらいに行かなきゃ」

気分を切り替えつつ、嫌味をぶつけることも忘れない。彼が苛立たしげに尾を立てたことで満足し、オリアは溜飲を下げた。

目的の店はもう目の前。扉をノックしようと右手を挙げた時――

「きゃあっ」

ズザッという音と共に背後で子供の悲鳴が聞こえた。振り返ると、六歳くらいの少女が派手に転び、泣きべそをかいている。

「大丈夫っ？」

地面に転がった少女の前には、荷物がぶちまけられてしまっていた。彼女が持っていたものだろう。鞄《かばん》の中から何か包みが覗いており、微かに食べ物の匂いがした。

「……お父さんのお昼ごはん……」

少女に駆け寄ったオリアは、大急ぎで彼女を抱き起こし、膝についた土を払ってやった。ボロボロと涙をこぼす少女を宥《なだ》め、荷物を全て拾ってやる。幸い『お父さんのお昼ごはん』は無事なようだ。

「泣かないで。中身は平気みたいだよ。ああ、膝が擦りむけちゃっているね……おいで、仕立屋の店長さんに言って手当てしてもらおう？」

少女の前にしゃがみ込み、オリアは柔らかく笑った。彼女の髪を撫で、溢れた涙と鼻水を拭う。優しく話しかけていると、子供は落ち着いてきたらしい。嗚咽《おえつ》しつつもコクリと頷いてくれた。

「でも急がないといけないの。もうすぐお船が出ちゃうから」

「お父さんは船乗りさんか漁師さん？　それともどこかへ行かれるのかな？」

「お仕事で、遠くに行くの。しばらく会えないからお母さんが一所懸命お弁当を作ったのに……お父さん、忘れて行っちゃった。私が気づいた時には、お母さんも出かけた後だったから……自分で持っていかなきゃって思って……」

涙ながらに語られる事情を聞き、何とかしてあげたいと思った。オリアは力強く頷くと、ひとまず彼女を連れ仕立屋の扉を潜る。出てきた店主に依頼されていた繕い物を渡し、事の次第を説明した。

「まぁまぁ、それは是非届けてあげたいねぇ。でも傷が悪化したら大変だ。ちょっと怪我したところを洗ってあげるよ」

「お船、間に合わなくなっちゃう……」

一刻も早く父親のもとへ行きたそうな少女を宥め、膝の手当てをする。ソワソワと落ち着かない少女は、ユーリと名乗った。

「安心して、ユーリ。私たちが絶対にお父さんのところへ貴女を送り届けてあげるから」

「本当？　お姉ちゃん」

オリアが約束すると、彼女は目を輝かせた。泣き腫らし不安そうだった表情が明るくなる。実は妹が欲しかったオリアは、擽ったい気持ちになって幼子の柔らかい頬を突いた。

「うん。だから大丈夫だよ。——店長さん、帰りにまた寄りますね」

後半は仕立屋の主人に言い、オリアは勢いよく立ちあがった。そして足下に寝そべっていたノワールを満面の笑みで見下ろす。

「というわけで、行くわよ。ノワール！」

「……グルル……」

貴女は何を言っているんですかと、彼の胡乱な瞳が問いかけてきた。今にも吠え出しそうな狼に、オリアは更なる笑顔で打ち返す。

「モタモタしない！　ユーリもおいで。さ、ノワールの上に乗っかって。しっかり掴まるのよ」

「ワウッ？」

基本冷静なノワールが、珍しく『つい出てしまった』といった素っ頓狂《すっとんきょう》な声を漏らした。それはそうだろう。何故ならオリアは、ユーリにノワールへ跨がれと指示を出したのだ。

「怪我をしたユーリの足じゃ、船の出港に間に合わないかもしれないわ。だったら一番確実で速い方法はこれしかないでしょ」

「ワンちゃん……」

「ガゥッ……」

少女の呟《つぶや》きに、しばらく呆然としていたノワールが正気を取り戻した。オリアにだけ見える角度で顔を寄せ、ものすごい形相で牙を剝く。

「……貴女、本当に食い殺されたいのですか」

他の者には唸っているようにしか聞こえなかっただろう。しかしオリアにはしっかり伝わった。だがこの程度で怯むほどオリアはやわではない。悪魔の威嚇《いかく》には慣れているのである。

「困っている人を見捨てられないでしょ。ノワール、これは『命令』よ」

「グルッ……」

契約者には、呼び出した悪魔を強制的に従わせる権限がある。ただし正式な契約を結んでいないオリアとノワールにとっては、あまり効力を持たないものだ。彼は強く拒否することもできる。つまりいくらオリアが『命令』を下しても、従うかどうかはノワール次第。故にこれは懇願に等しかった。

「お願い、ノワール。ユーリの望みを叶えてあげたいの。港までこの子を乗せてあげて」

冗談じゃないと彼の双眸は語っていた。誇り高い悪魔が人間の子供を背に乗せるなど言語道断に決まっている。けれど昔はよくオリアを跨がらせてくれたではないか。かなり嫌そうだったが、過去の前例があるからいけると確信し、オリアはノワールの首筋に抱きついた。

「お菓子は諦めて、お酒を買ってあげるから。何ならお肉も！　――駄目？」

上目遣いで彼を窺う。ユーリの健気さを思うと気持ちが昂り、瞳が潤《うる》んでしまった。

こんなに小さな子が、父親に母のお手製の昼食を届けようとして一所懸命走っていたのだ。転んで怪我をしてでも港へ急ごうとする心に感激し、オリアはすっかり庇護欲やら母性やらを刺激されていた。

「一生のお願い！　今晩は貴方の好きなもの、何でも作ってあげる！」

「グゥ……」

頭が痛いと言わんばかりのしかめ面で天を仰いだ直後、ノワールはがっくり項垂《うなだ》れた。

「……貴女を少々世間知らずに育てすぎたみたいです。他の男の前でそういう態度を見せたら許しませんよ。相手を嚙み殺したくなります」

「え？　うん？」

彼はもはや何をどう抗議しても無駄だと判断したらしい。オリアはこんな時、非常に強情なのである。ノワールは不本意であると全身から発しながらも、ユーリの前で伏せの体勢になってくれた。

「ありがとう！　ノワールはやっぱり優しい」

「ワンちゃん、乗せてくれるの？」

「グルル……」

「えーと、ユーリ？　ノワールは一応犬じゃなくて……うん。とにかく名前で呼んであげてね？」

　これ以上ワンちゃん呼ばわりされると、流石のノワールもブチ切れてしまいそうだ。だが、仕立屋の主人がいる前で狼ですとも言いにくい。曖昧にごまかしながら、オリアはユーリがノワールに跨がるのを助けた。

「わぁ……フカフカ！　もふもふ！　可愛い！」

　大型獣の彼が四足で立ちあがると、ユーリの足は宙に浮いた。乗り心地がいいことはオリアも知っている。ノワールは特に腹と首周りの毛が柔らかくて極上の触り心地なのだ。大喜びする少女を見て、オリアは『うんうん、分かるよ。最高だよね』と共感する。はしゃぐユーリを見守っていると、自分も久しぶりにノワールに乗りたくなってきた。しかし今は我慢だ。

「じゃあ、早速行こう。店長さん、ありがとうございました！」

　見送ってくれる店主に手を振り、オリアたちは外に出た。ここから港までは大人の足で歩いて三十分。走ればもっと早く到着できるだろう。

「よし、私も全力疾走でついて行くよ！　ノワールはユーリを振り落とさないように気をつけながら急いでね」

　くれぐれも少女に怪我をさせないようお願いし、オリアは深呼吸をして走り出した。隣を漆黒の犬……もとい狼が駆ける。背中には幼い少女。どう見ても、異様な光景である。

注目を浴びないわけがなかった。

「オリア！　こりゃいったいどういうことだいっ？」

「女将さん、事情は後で説明するね！」

最短距離を選んだため、市場の中を突っ切った。混雑する時間帯は過ぎているので、人とぶつからずに走り抜けられる。途中で魚屋の女将に声をかけられたが、立ち止まらずに先へ進んだ。

「ユーリ、船が出る時間は何時なの？」

「分からない。でもお昼前には出発するってお父さんが言ってた」

「そっか……じゃあ、やっぱり急いだ方がいいね」

最悪、ノワールに先に行ってもらうしかあるまい。自分が遅れて、足手纏いになるわけにはいかない。早くも息が上がり始めたオリアは、重くなった足を懸命に動かした。

正直なところ、運動はあまり得意じゃない。こんなに長い時間走るのは、大人になってからは初めてだ。それでも呼吸が苦しくて立ち止まりそうになる度、少女が大切そうに抱える父親への贈り物を見て、気合いを入れ直した。

自分にはもうできないこと。親を思って一所懸命になれることが、どこか羨ましい。ユーリを助けることで、オリアもその気持ちを味わえる気がした。それに、心の籠もったお弁当を絶対に届けてあげたい。

――せっかくノワールが協力してくれたんだもの。私も限界まで諦めない！　この状況、説明できる大人がいないと余計な騒ぎになりかねないから、頑張らなきゃ。

乙女らしからぬ荒い息を繰り返し、オリアは汗の滲んだ額を拭った。きっと顔は酷い有り様だろう。必死すぎて取り繕う余裕はない。とても人様には見せられない形相だ。

ゼィゼィ言いながら死に物狂いで走っていると、隣から黒狼が見上げてくる。てっきり馬鹿にしているかと思いきや、意外にも彼はオリアを案じてくれているらしい。赤い瞳には気遣いが揺れていた。

――素直じゃないなぁ……本当のノワールはこんなに優しいのに、いつも辛辣なことばかり口にして……

色々文句を言っても、彼は結局こうしてオリアを助けてくれる。魔力を使っていないから対価を要求できないのに、願いを聞いてくれた。そこに、誠実さや真心を感じ取るなと言う方が難しい。

オリアは心の中で感謝して、『心配しないで』と眼差しで告げた。すると。

「……不細工な顔ですね」

耳に届いたごく小さな呟きは、幻聴ではあるまい。人間、自分に対する悪口は不思議と耳が拾うものなのである。

――こっ、この性悪悪魔！　ちょっとでも感激した私が間違いだったわ！

怒りが力となり、萎《な》えかけていたオリアの足に力が籠もる。ぼちぼち肉体の限界を感じていたが、新たな闘志が燃え上がった。

――こ、こっちが言い返せないと思って！　負けて堪るか！

もう目的が変わり始めていたが、彼に舐められたくない一心でがむしゃらに頑張った。

だがしかし、当たり前の現実として、人間が狼に敵うはずがない。

オリアが息も絶え絶えで港に辿り着いた時には、ノワールは涼しい顔で待っていた。

大型船が停泊できる港は、いつも大勢の人が行き交っている。それでも、人目につかない場所は探せばあるのだ。ノワールが待っていたのは、そんな一角。忙しく働く人々の死角になる物陰で、一匹の狼は行儀よくお座りしていた。

「――遅かったですね」

「……」

反論したい気持ちはあっても、口を開けば吐きかねない。それ以前に酸素を取り込むことが最優先事項だ。話す余裕のないオリアは、地べたに座りこんだ。

肺と心臓が爆発しそう。喉の奥には血の味が広がっている。全身汗まみれの身体は、指一本動かすことすら億劫《おっくう》なほど重だるかった。日頃の運動不足を痛感し、オリアは傍らに座るノワールに寄りかかる。彼は自然な仕草で、こちらの全体重を受け止めてくれた。

ついでにベロリとオリアの顔を舐めてくる。一応、労わってくれているらしい。だが呼吸も乱れていないノワールにとっては、ここまでの道のりはたいしたことのない移動距離でしかなかったのだろう。たぶん、準備運動にさえなっていない。

こちとら、天国の門が見えかけたというのに。

「く、悔しい……ところで、ユーリは……？」

何度も深呼吸し、どうにか口が利ける程度に落ち着いてきたオリアは、彼にぐったり身を預け、少女の姿を探した。

「父親に会いに行っています。私は船に乗れませんから、ここで貴女を待っていました」

「そう……じゃあ、出港に間に合ったのね」

だったらよかった。自分が尋常じゃない形相を晒し、呼吸困難になるまで頑張った甲斐があるというもの。オリアはぶはぁっと荒ぶった息を吐き、ノワールに抱きついた。

「汗がべたつくので、引っ付かないでください」

「いいじゃない、ちょっとだけ。何だかユーリを見ていたら昔を思い出して、私もノワールに乗りたくなっちゃった」

「……貴女、他意がないのは知っていますが、そんな発言を間違っても他の男の前でしてはいけませんよ」

「……え？　うん。別にノワール以外に跨がりたいなんて考えたこともないけど……さっきも似たようなことを言ってたね？」

他の男に乗っかっても、いったい何が面白いのか分からない。オリアは自分の発言がどう解釈されたのかまったく気がつかず、首を傾げた。

「やれやれ……少しは成長したかと思っていましたが、やはりまだお子様ですね」

「何それ、失礼。私はもう立派な大人の女だよ」

最初に家を用意してくれたのは彼だが、生活の糧は自分で稼いでいる。家事だって完璧とは言わないけれど、一通りこなしているのだ。大人として充分認められてもいいと思う。

オリアが不満に頬を膨らませると、ノワールが再びベロベロと顔を舐めてきた。

「ちょ、わ、っぷ……擽ったいよ」

「ふん……もうしばらくそのまま子供でいるといいです。そうすれば、私も余計なことを考えずに済む」

「ええ？」

意味不明な言動をし、彼はその場に伏せた。後はもう、話すつもりがないという意思表示である。こうなっては、まともに受け答えをしてくれないことを、長年一緒に暮らしてきたオリアは知っていた。

「もう。自分勝手なんだから……」

しかし背中を撫でてもいいぞという意味も汲み取れ、ならばと、遠慮なくオリアはノワールの毛並みに手を這わせた。ついでに耳の後ろや眉間、尾の付け根まで満遍なく撫で繰り回す。

「うふふ……もふもふ。今日は天気がいいから、尚更手触りがいいわ。あ、雨の日のしっとり感もそれはそれで嫌いじゃないよ」

多少べたついていたところで、ノワールの毛並みが生み出す魅力は変わらない。触れているだけで安心する。オリアにとっては、精神安定剤も同然だった。

鼻息を荒くしてひとしきり撫でていると、久しぶりに運動した疲労感が次第に全身にのしかかってくる。

思いっ切り走った後だからか、それともこの世で一番安心するノワールの毛に埋もれているからか。どちらにしてもオリアは急激な睡魔に襲われた。目の前には誘うように煌めく毛皮。この誘惑に抗える人間などいるだろうか。いや、いない。

オリアは彼の身体に頭をのせ、重くなった瞼を下ろし、力を抜いた。

「……何だか眠くなってきちゃった……」

「こんなところで寝てはいけません。警戒心のない女ですね。屋外で女性が一人ひっくり返っていたら、何をされるか分かったものじゃありません。人間の男は全員、ケダモノだと見做《みな》すくらいで丁度いい」

「……悪魔が言うなって話だし、とんでもない偏見だよ、それ。だいたい万が一そうだとしても、ノワールが傍にいてくれるから平気でしょ……」

大きく息を吸い込めば、彼の香りが鼻腔を満たす。相変わらず太陽の匂いが似合う悪魔だ。日向を想起させる闇の生き物なんて、ノワールくらいではないだろうか。

――ああ……ヴァールハイトも同じ香りだったな……

先日彼に押し倒された時にも、同じ匂いがした。だからこそ困惑しつつもオリアは怖くはなかったのだと思う。

――だけど、何故だろう……ノワールにくっついている時に感じるのは安心感だけなのに、ヴァールハイトとの時は、それだけじゃなかった……

安心感はあった。しかしそれ以上にもっと別の感情が湧き上がって溢れそうだった。胸が苦しくて、疼《うず》くような……苦しいけれど甘くもある。あれはいったい何だったのだろう。

これまでは感じなかった不可思議な感覚をオリアは探る。

唇を舐められ密着することなど、初めてではなかったのに――

――ヴァールハイトにああいう対価を支払ったのは初めてだったから……？

「あ、お姉ちゃんとワンちゃん、ここにいたんだ！」

元気いっぱいの少女の声に、夢の世界に旅立とうとしていたオリアの意識は引き戻された。

「ユーリ……び、びっくりした」

「探したよ。もう帰っちゃったのかと思った」

「まさか！　貴女を置いて帰ったりしないよ。どう？　無事にお父さんにお弁当を渡せた？」

「うん！　お姉ちゃんたちのおかげで間に合った！　どうもありがとう」

ニコニコと笑う少女の愛らしさに、オリアの口元も綻んだ。頑張ってよかったと、心底思う。やはり誰かの手助けができるのは嬉しい。自分自身もとても満たされた心地がした。

「お父さん、喜んでくれたでしょう？」

「これからしばらくお母さんのご飯を食べられなくなるから、嬉しいって。それによく来たって、褒めてくれた。本当にありがとう。お姉ちゃんたちのおかげで間に合ったよ」

誇らしげに胸を張るユーリの頭を撫で、オリアは立ちあがった。

「こちらこそありがとう。何だか私まで素敵な気分になれた。うふふ。じゃ、帰ろうか」

互いに礼を言い合って、港を後にした。ユーリを家まで送り届け、オリアたちは仕立屋に寄り、帰路につく。予定よりだいぶ帰るのが遅くなってしまったけれど、温もった胸が心地いい。いいことをした日はいつも幸せに満たされる。こんな瞬間がオリアは大好きだ。

途中、約束通り酒を買っていくかとノワールに聞いたが、彼は首を横に振った。

「いらないの？　お願いを聞いてもらったから、奮発するよ？」

「いりません。それより、甘ったるいだけで脂肪の元になる菓子を買って帰りましょう」

「言い方が引っかかるけど……私を気遣ってくれているの？」

だったら嬉しい。ユーリと出会う前、今日受け取った報酬で菓子を買いたいと言っていたのを覚えていてくれたのだから。

「好きなように解釈なさい。花畑頭ですね。……貴女といると調子が狂います。私は誇り高き悪魔です。その私が人助けなど、屈辱以外の何ものでもない。こういった馬鹿げたことは、今回を最後にしていただきたい」

「あはは。文句を言いつつノワールはいつも私を助けてくれるよね。この前も、お爺さんが落とした財布を一緒に探してくれたし。その前は……あ、ひったくり犯を捕まえてくれたこともあったね」

「……オリアは問題事を引き寄せる天才ですか？　貴女と共にいるとしょっちゅう面倒事に巻き込まれている気がします」

忌々しいと吐き捨てて、彼は背中の毛を逆立てた。どうやら本気でご立腹らしい。茶化す雰囲気ではない空気を嗅ぎ取り、オリアの足が鈍った。

「……面倒をかけて、ごめんなさい」

毎度色々なことに首を突っ込むのはオリアだが、問題を解決してくれているのは専らノワールだ。その自覚はあったので、素直に頭を下げる。

自分だって、別に彼を怒らせたいわけじゃない。嫌なことをさせたいとも思っていない。しかし目の前に困った人がいると、どうしても見過ごせない性分なのだ。その上、ノワールがオリアの命令という名のお願いを無下に断れないことを見越して、甘えていたのかもしれない。

「嫌……だったよね。強引にユーリを乗せたりして、ごめんなさい。でもあの、ありがとう……昔のことを思い出して、あの子を放っておけないと思ったの……」

「昔のこと？」

「うん……まだ私たちが一緒に暮らし始めた頃、食が細かった私のために、ヴァールハイトがよくお弁当を作ってくれて、外で食べたじゃない？　あれがすごく嬉しくて美味しかったから……お弁当って、作った人の思いやりや優しさが詰められている気がして」

普段食卓で食べる食事も同じだけれど、わざわざ持ち運ぶように作られた食事は、尚更手がかけられているように思えた。

愛情が小さな入れ物の中に並べられているようで、余計に感激したのだ。

きっとユーリの家族も同じだと思ったら、オリアは居ても立ってもいられなかった。

「……嫌でなかったとは言いませんが、別にそこまで不快だったわけでもありません。あまり無茶をするなという意味です。万が一オリアが倒れたり寝込んだりすれば、契約を結んでいる私にも影響があるのだから。……貴女、昨夜も一昨日もほとんど眠っていないでしょう」

どうやら彼が一番言いたかったのはこれらしい。ノワールの言う通り、オリアはこの二日ほど満足な睡眠時間を取れていなかった。彼は寝不足のオリアの身体を心配してくれているのだ。

「あ……今日が納期だった繕い物が、ちょっと終わらなくて……。でも私が夜中に起きていたこと、よく知ってるわね」

昨晩もその前日もいつも通りの時間にベッドに入った。普段と同じようにノワールと一緒に横になり、そして彼が寝息を立てた後、オリアはそっと起き出したのだ。

欲張って多めの仕事を引き受けたのと、予想外に手こずる直しがあったせいで、想定していたよりも仕上げに時間がかかってしまったためだ。読みが甘かった。自業自得である。

頼まれた仕事を終えられなかったら、今後大きな仕事を回してもらえなくなってしまうし、かと言ってノワールにも深夜遅くまで働いている姿を見られたくなかった。きっと彼はそんな自分を叱り、気を揉むに決まっている。だから内緒で片付けてしまおうと目論んだのに。

「隣でゴソゴソ動かれたら、目が覚めます。私は人間ほど鈍感じゃありません」

「……起こしてごめんなさい」

考えてみれば、オリアよりも全ての感覚が鋭いノワールが、気づかないはずはなかった。隠せていると信じていた自分が浅はかだ。オリア一人が寝不足になるならまだしも、彼も巻き込んでしまったことが申し訳ない。

何より、こんなに心配をさせてしまったことがとても心苦しかった。

「――そういうことが言いたいんじゃありません」

ふんっと鼻から息を吐き出したノワールが、尻尾でオリアの足をベシベシ叩いた。

「ちょ、痛いよ、ノワール」

「煩いです。さっさと家の鍵を開けてください」

「もうっ、言われなくても開けますぅ」

話している間に、森の中の家へ到着していた。我が家に帰ると、やはりホッとする。

鍵を開けて中に入ったオリアは手にしていた荷物を置き、新たに引き受けた繕い物に早速取り掛かろうとしたが――

「待ちなさい。貴女はこっちです」

「ひゃっ？」

後ろからスカートの部分を引っ張られ、思わずよろめいた。振り返れば、彼が服の端を噛んでいる。

「やだ、牙で穴があいちゃうじゃない！」

「穴どころか、引き裂かれたくなかったらこっちに来なさい」

「わ、わ、わっ、待って」

顎をしゃくったノワールに問答無用で引っ張られ、オリアは慌てて彼について行くしかなかった。服を破られてはかなわない。自身の縫い物は報酬が発生しない分、気がのらないのだ。

「何？　どうしたの、ノワール」

「黙って」

「ひゃっ」

連れて行かれたのは、台所の隣にある寝室。小さなこの家は二間しかない。一部屋はオリアの仕事場。そしてもう一部屋が、いつも一人と一匹が寝起きする寝室だった。

「寝なさい」

「わっ」

咥えていたスカートを解放した彼に体当たりされ、オリアはベッドに突き飛ばされた。痛くはないけれど、突然のことで驚いてしまう。

「いきなり何するの！」

「今日は寝不足で走り回って、疲れているでしょう。そんな状態で仕事をしても、間抜けな貴女は針を落としたり指に刺したりしかねない」

「し、失礼ね。完全に徹夜したわけじゃないし、これくらい平気だってば」

一応まだ十代。体力には自信がある。オリアは運動は得意でなくても、無理がきく年齢だと思っていた。

「いいから寝なさい」

「うぷっ」

だがノワールの逞しい前脚に押さえ込まれて起き上がれず、仰向けに転がったままオリアはジタバタともがいた。

「せめて仮眠しなさい。ただでさえ不細工な顔が、疲労で一気に老けていますよ。私は疲れ切った人間から感情を食べるのは好みではありません。味が見た目と同じく劣化して、貧相なものになりますからね」

「暴言……！　それは女性に言っちゃいけない台詞だよ。謝って！」

いくら何でも酷すぎる。オリアは彼に謝罪を求めたが、鼻で嗤《わら》われただけだった。

「騒げばその分、目の下の隈《くま》が濃くなりますよ」

「えっ」

聞き捨てならない。オリアは特別美容に気を遣っていないが、一般的な関心はある。これでも嫁入り前のうら若き乙女。日焼けは極力避けたいし、皺やくすみには敏感だった。

「嘘っ、そんなに酷い？」

「ええ。異国の珍しい動物のようです。知っていますか？　目の周りが黒い生き物が、世界にはいるんですよ。まん丸で、動きは愚鈍。寝るか食べるかばかりしている珍妙な動物です」

「し、知らないけど、ノワールに悪意があることだけは分かったわ。だって丸くてもちゃもちゃ動いて、好戦的じゃない穏やかな生き物なら、可愛いに決まっているじゃない！」

件《くだん》の動物がどんな生き物かオリアには想像もできなかったけれど、言葉でだけ聞いても愛らしいと確信を持てた。彼はわざと悪く言っているのだ。

「能天気な小娘ですね。いいから早く休みなさい」

「あ、やだ。のしかからないで。流石に重い！」

起き上がろうとするオリアの上に、ノワールが半身をのり上げた。体重の全てをかけてくるわけではないが、それでも結構な重量だ。跳ね除けようとすると、尚更しっかり両方の前脚をのせられてしまった。

「く、苦しい……」

「暴れず大人しくすると約束すれば、放してあげます」

「分かったから、どいて……」

いくら加減をしてくれていても、相手は大型の獣。体重も力もオリアよりずっとある。本気で押さえ込まれれば身動きできない。圧死の危険を感じ、オリアは白旗を上げた。

「分かればよろしい。では寝なさい。今すぐ寝なさい。直ちに眠りなさい」

「い、いきなり言われても、そんなに簡単にできないよ……外はまだ明るいし」

「さっきは港で寝こけそうになっていたじゃありませんか」

　彼の言う通り、うたた寝しそうになったのは事実なのだが、あの時感じていた眠気はすっかり覚めてしまっていた。だいたいぐいぐい迫られて、はいそうですかと安眠できるほど、オリアは単純にできていない。

「もう今は、そんなにウトウトしていないもの……むしろ冴えているって言うか……」

「目を瞑っていればいずれ眠くなりますよ。特別に私がカーテンを閉じて差し上げます」

　オリアの上からどいたノワールは窓に向かい後ろ足で立ちあがると、器用にカーテンを閉めた。それだけで、真っ昼間でも室内は薄暗くなる。だが眠気を刺激されるほどではなかった。

「これで完璧ですね。さぁ寝なさい。髪を解いてあげましょう」

「気持ちはありがたいけど、無理だってば……」

　尚も強硬に言い、オリアの髪を解いてくる彼に苦笑してしまう。本当に何て面倒見のいい悪魔なのだ。まるで母親ではないか。オリアに実の母の記憶はあまりないけれど、それでも幼い自分を彼女が寝かしつけようとしてくれたことは、ぼんやり覚えていた。

「面倒臭いですね。ではどうすればいいのですか」

「……じゃあ、いつもみたいに添い寝して」

　そうすれば仮に眠りに就けなくても、安心できる。心が穏やかになれば、身体も休まるだろう。

オリアが両手を広げ彼に差し出すと、ノワールはこれ以上ないほど嫌な顔をした。

「貴女、魔力を使わせなければ対価を支払う必要がないと思って、最近我が儘になっていませんか」

「……駄目なの？」

勿論絶対に嫌だと断られれば、諦めるつもりでいた。夜はベッタリ密着して眠ることを許してくれる彼だが、極力触られたくないらしいことも察しているからだ。けれどノワールは深く長い息を吐き出した後、再びベッドの上に飛び乗ってきた。

「……人間は強欲ですね。こちらがちょっと譲歩すると、瞬く間につけあがります」

「えへへ。ありがとう、ノワール」

お許しを得て、オリアは横たわった彼に抱きついた。ノワールの胸辺りに潜り込み、モフモフの毛並みを堪能する。できるだけぴったりくっつきたくて、頬をすり寄せた。

「温かい」

「私は暑いです」

確かに密着していると互いの体温のせいで、たちまち汗ばんでしまう。それでも離れる気にならず、オリアは彼の背中に置いた自らの手を上下させた。

「普通の狼は、もっと剛毛らしいよ。私は実物に触ったことないから、本当かどうか知らないけど」

「ただの野良狼と私を一緒にしないでいただけますか」

「ふふ。ごめん、そうだね。ノワールは悪魔で……私だけの特別だもん」

代わりなんてない。唯一の相手。別のものと比べることが間違っていた。

オリアは掛け替えのない存在をより味わうため、深く息を吸う。彼から漂う日向の匂いを胸いっぱいに吸い込んで、鼓動の音を聞いた。

人でも、悪魔でも、心音は同じだ。力強さも、速度も変わらない。耳を傾けていると、オリアはノワールが自分とは理《ことわり》の違う生き物であることを忘れそうになる。もしかしたら、このままずっと一緒に暮らせるのでは……という思いが、何度打ち消しても浮かんできた。

「……変な人間ですね、貴女は。普通、人は私たち悪魔を忌み嫌い恐れるか、支配しようとするものですよ」

「ノワールを本当に怖いと感じたことはないよ。だって貴方はいつも優しいもの。誰かを傷つけるのは、私が危険に晒された時だけだった。それだって私がやめてと言えば、堪えてくれたでしょう？」

「悪魔に対してそれは、褒め言葉じゃありませんね。――――……オリアといると、私まで調子が狂います。どうしてでしょう……忌々しくもどかしいのに……どこか心地いい……ような……」

あくび交じりに呟いた彼が目を閉じた。ノワールも自分と同じ安らぎを感じてくれているのだろうか。

——だったらいいのに……

このまま、こんな日々が続けばいい。意地を張りあって、時には喧嘩《けんか》して。それでも一日の終わりには、共に寄り添って休めるような関係が永遠に続いてくれたら。

長い毛に指を遊ばせ、オリアは両目を閉じた。彼の右前脚がオリアの肩を抱く。絶妙な重さが気持ちよかった。

「……ずっと傍にいてね、ノワール」

「……」

返事はない。彼は嘘を言わない。だから沈黙することがノワールなりの誠意なのかもしれなかった。しかしそれに気づかぬ振りをして、オリアは彼の体毛に埋もれた。

——私は貴方を召喚した時に、いったい何を望んだの？　いつか教えてくれるかな。それとも自分で思い出す方が先？　契約が果たされたら、もう会えなくなるの？　だったらいっそ……このままがいい。もしくは契約そのものを破棄してしまいたい。そんなものに縛られず、ノワールがずうっと私の傍にいてくれたらいいのに……

彼の温もりに包まれていると、遠のいていた睡魔が段々忍び寄ってくる。いつしかオリアは、穏やかな寝息を立てていた。

自分だけの優しい悪魔の毛並みが、人肌になったことにも気がつかず、柔らかな夢の中に揺蕩《たゆた》う。

——抱きしめてほしい……

獣ではなく、この腕に。

吸い込んだ香りは同じ。けれどいつも以上に満たされて、オリアは抱擁を求め無意識に彼の胸へすり寄った。

◇◇◇◇◇

寝入ったオリアを見下ろし、ヴァールハイトは目を細めた。

いったい自分は何をしているのか、つくづく呆れてしまう。彼女といると、いつも悪魔の本分を忘れそうになる。いや、もとより快楽に流されやすい享楽的な悪魔だからこそ、当初の目的を忘れがちになるのかもしれなかった。

——馬鹿馬鹿しい。だったら私は、この状況や生活を楽しんでいるとでも言うのでしょうか？

皮肉な思いで自問自答したが、最初から答えは分かっていた。

十年前のあの日。気まぐれに応じた召喚は、正式なものではなかった。描かれた魔法陣は一部誤りがあったし、術者の力量はヴァールハイトを呼び出すにはまるで足りなかったのだ。それでも興味を惹かれたのは、術者以外の香しい匂いに誘われたからに他ならない。無垢でありながら、どす黒い憎しみに染まりかけた魂。そのまま食らってもさぞや美味であっただろう。しかし熟成させればもっと極上の味になると思った。

清らかなものを穢すことも、悪魔にとっては至上の悦び。心躍る遊びの一つだ。その点、オリアは最高の可能性を秘めていた。

長い悪魔の一生の中で、一番の敵は退屈。それを解消するためと、美味い食事を得るために悪魔は人と関わりたがる。堕落した人間の魂はご馳走だから、自ら手を加え、より自分好みに味付けをする手間も厭《いと》わない。

最初は、ヴァールハイトもそうだった。

偶然出会ったオリアを手元に置き、もっと漆黒に染め上げ、魂が穢れ切ったところを収穫しようと目論んでいたのだ。その過程も存分に楽しむつもりだった。

それなのに——

何事も思惑通りにはいかない。

まず彼女は、自分との契約の経緯を綺麗さっぱり忘れてしまった。それはつまり、燃え盛る憎悪も消えてしまったことを意味する。今のオリアは、元来彼女が持っていた純粋で清らかな魂のまま。真っすぐ育ち、下手をしたらそこらの聖職者よりよほど高潔な心を保っているだろう。

――それならそれで、また堕落させればいい。むしろ今こそ過去を思い出させ、奈落の底に堕とせば、一気に私好みの味になるかもしれない。

契約を結んだ直後、全てを忘却してしまった子供のオリアを前にして、ヴァールハイトはそう考えた。

焦る必要はない。逆に楽しみが増えただけだとすら思ったのだ。だが。

――いつまで私はこんなままごとめいた生活に付き合うつもりなんでしょう？

機は熟しているはず。彼女からの絶対の信頼を感じる今、自分がオリアを裏切れば彼女は絶望に苛まれるだろう。それこそ、当初の目的通りになる。しかし、未だ一歩踏み出す気になれなかった。

眠るオリアを見つめ、己の胸の内を探る。

この不可思議な感情は何だろう。かつては知っていた気がする。しかし遠い昔に不要なものとして切り捨ててきた何か。

名前の見つからない想いが、ヴァールハイトの胸に渦巻いていた。

おそらくそれは、破壊や混沌への誘惑と対極にあるもの。悪魔なら当たり前に持っている残虐性との間で、心を乱される。

オリアの細い首を眺めていると、どうしようもない衝動に襲われた。この縊《くび》りやすそうな細首に手をかけたら、いったいどうなるのか。今なら容易に実行できるはずだ。万が一途中で彼女が目覚めたら、その目が最期に映すのは自分の姿。

オリアの網膜に焼き付くのが己だという妄想は、信じられないほど蠱惑《こわく》的な味がした。

ヴァールハイトは込み上げる愉悦で背筋を震わせる。人間の首の骨をこの手で折ったことはないにもかかわらず、知らないはずの感触が妙に現実感を帯びて迫った。

破壊衝動は悪魔なら誰しもが持っている性質。どうしようもなく気持ちが昂って、じっとしていられない。気づけばヴァールハイトは横たわるオリアに覆い被さっていた。

何も知らず安らいだ顔で眠る彼女。十年間、守り育ててきた人間をいつどうするかは自分の自由だ。生かすも殺すも気まぐれに決められる。全てはヴァールハイトの気分次第なのだから。

けれどどうしても、オリアの首に手が伸びなかった。

代わりに髪を撫でている理由は、ヴァールハイトにも分からない。いつから自分はこんなに優柔不断になっていたのか。命を摘み取る空想で興奮していた心はすっかり落ち着き、穏やかで凪いだ心地になっている。

悪魔に安定や平和など、何の意味も魅力もないのに。欲しいのは、こんな充足感などではない。もっと焦げつくほどの刺激や快楽が欲しい。けれど失いたくない。

——何を？

同じ痛みを知っている、この小さく頼りない魂を？

「……馬鹿馬鹿しい……」

ごく小さな呟きを落とし、ヴァールハイトは額に手をやった。

同じなどではない。この痛みは自分だけのもの。他の誰とも重ならない。たとえ似たような関係にある相手を憎悪していたとしても、完全に別件だ。しかもオリアは都合よく忘れてしまっている。

ヴァールハイトは脳裏によみがえりそうになった男の姿を強引に掻き消した。その名を思い浮かべるのも忌まわしい。この憎しみが消えることなど永遠にない。憎くて恨めしくて、全身が自らの焔《ほのお》に焼かれてしまいそうなのだから。

――忘れるものか。命ある限り許さない。甘言を弄《ろう》し、私を謀ったことを――

その時、『何か』がこの家に近づいてくる気配がした。

動物ではない。もっと知性を持つ生き物。迷っているのではない証に、一直線にこちらへ接近してくる。

オリアを起こさぬようそっと身体を起こしたヴァールハイトは、意識を家の周囲に凝らした。ただの人間ならば、ノワールの姿で軽く脅しをかけてやればいい。それだけで大抵の者は大慌てで逃げ出してゆく。だがこの感覚は――

――同族か。

悪魔は群れることを嫌う。だから『わざわざ仲間に会いに来る』ことなど考えられない。

あるとすれば、よほどの用事がある場合だけだ。

——攻撃を仕掛けてくる気はないらしい……狙いは何だ。

どうやら敵意は感じられない。ヴァールハイトは物音を立てぬようベッドから下り、家の外に出た。念のため、オリアの周囲に魔術の守りを施す。

——これは私のために揮《ふる》った力。己の獲物を別の輩に傷つけられないためだ。故に、対価は求めない。

誰に対してするわけでもない言い訳を胸中でこぼし、改めて接近してくる者の気配を探った。相手は一人。それにさほど驚異になるものではない。

「——お久しぶりです、ヴァールハイト様。最近は地獄の宴《うたげ》にも顔を見せてくださらないので、皆残念がっておりますよ」

ふわりと眼前に舞い降りたのは、両腕が巨大な鳥の羽になった女だった。ただし脚は爬虫類《はちゅうるい》の鱗で覆われ、頭には禍々《まがまが》しい角が生えている。更に長く垂れた尾は蛇。人の世界にはおよそ存在しえない生き物は、美しい顔立ちに反して唇に残忍な笑みをのせていた。

「……フィータ。何の用ですか」

「偶然こちら方面へ寄る機会がありまして、久しぶりにヴァールハイト様にお会いしたくなりました。外に出てきてくださって助かりましたわ。この家にはとても強固な結界が張ってあって、私如きでは破れませんもの」

妖艶に微笑む美女は艶めかしく小首を傾げた。豊かな胸を隠す布は、極端に少ない。見せつけるように谷間を強調し、フィータは赤い唇の端をニンマリ吊り上げた。

「ああ……何度拝見しても、ヴァールハイト様の麗しいお顔には見惚れてしまいます」

「くだらない戯言は結構です。まさか私の顔を見に来ただけではないでしょう。早く用件を言いなさい」

「つれないことをおっしゃらないで。悪魔は美しいものが好きなのです。これは本能ですから、仕方ありませんわ」

白々しく話をはぐらかし、来訪の理由を語らない彼女にヴァールハイトは苛立った。自分には同族と語らって楽しむ趣味はまったくない。むしろヴァールハイトは、悪魔が大嫌いだった。――――自身も含め。

自分たち悪魔は、確かに美しいものに惹きつけられる。しかしそれは、『壊す』ことを前提とした好意だ。そんなものを、オリアの傍に近づけたくはなかった。

「用がないのなら、帰っていただけませんか。私の領域に許可なく立ち入らないでほしい」

「ふふ……それは契約者に害を及ぼされることを案じていらっしゃるのかしら？　地獄の侯爵ともあろうお方が随分狭量でいらっしゃるのですね」

「……それ以上口を開くと、自慢の羽を引き千切りますよ」

周囲の空気が一気に冷え込んだ。ヴァールハイトを中心に闇が集約してゆく。まだ夕暮れには程遠いのに、空は一瞬で陰っていった。

空気が密度を増す。先ほどまで聞こえていた虫や鳥の声が、ぴたりと静まり返った。

「あら……申し訳ございません。私ったら調子にのりすぎてしまったようです」

流石にフィータも焦ったのだろう。余裕を滲ませていた顔が引き攣《つ》っていた。悪魔にとって力の差がそのまま位に反映される。ヴァールハイトの持つ『侯爵』の地位は、彼女の有する位とは比べものにならないほど上だ。もしも争いになれば、フィータが勝つ可能性は万に一つもなかった。

「お許しください。ヴァールハイト様が固執している契約者に、興味があったのです。貴方ほどのお方が育て上げてまで刈り取ろうとしている魂なら、さぞや素晴らしいものでしょうから――」

「私が固執しているだと……？」

聞き捨てならない台詞に、ヴァールハイトの眉がピクリと動いた。同時に周囲の草木が萎れてゆく。今や空には、雷鳴が轟《とどろ》いていた。

「は、はい。地獄では専らの噂です。このところヴァールハイト様は人間界に留まったまま契約者の傍を片時も離れず過ごしていらっしゃると……それもこれも全て、稀《まれ》にみる無垢な魂を極上の闇に染め上げるためだと言われています。そのような逸品を見つけられるとは、流石はヴァールハイト様です」

人間は生まれた時はほとんどの者が真っ白な魂をしている。しかし成長と共に様々な色に染まってゆく。大概は薄汚く穢れるもの。そうでなければ生きられないのが人の世だからだ。

だがごく稀にシミ一つなく清らかなまま大人になる者がいる。そんな存在は、時に『聖女』や『聖人』などと呼ばれ、奇跡に等しい。何故なら無事に成長できる可能性が著しく低いからだ。

純真なままではとかく人の世は生きにくい。すぐさま他者の餌食《えじき》にされてしまうだろう。更には悪魔たちからも最上の獲物として狙われる。闇に生きる者にとって、輝く存在は殊更眩《まばゆ》く、羽虫の如く引き寄せられずにはいられない。これでは平穏無事な一生を送ることの方が難しい。

それ故大抵の場合は幼い頃に命を落としてしまう。オリアのように真っ白なままこの年まで生きてこられたのは本当に珍しいのだ。

――それが過去の記憶をなくし、私が傍で他の害意から守り続けた結果だというのが、随分皮肉な話ですけどね……

悪魔が傍にいたおかげで守られた無垢とは、いったいどんな冗談なのだ。馬鹿げた巡り合わせには、苦笑しかない。

――いや、全ては甘美な魂を味わうため。それ以外、私の行動に理由はありません。

「つまり、人間の小娘一人に翻弄されている私を、皆で嘲笑《あざわら》っていると言いたいのか？」

「ま、まさか……！　そのような恐れ多いことは決して……！」

ヴァールハイトの口元から赤黒い炎が漏れ出る。地獄の業火《ごうか》に似た色にフィータは背筋を震わせ、その場に平伏した。

「誤解でございます！　少なくとも私は分かっております。ヴァールハイト様はわざとじっくり時間をかけ、獲物を熟成させていらっしゃるのでしょう？　己を焦らしてから食す魂は、それはもう得も言われぬ美味でございますもの。手間をかける意味があるというもの……ただ浅薄な悪魔には、そういった我慢ができないので理解が及ばないのです」

不穏な地鳴りが、ヴァールハイトの苛立ちを表していた。表情は冷徹なまま、威圧感が増してゆく。のしかかる重圧でフィータは顔を上げられず、這《は》い蹲《つくば》るようにして許しを乞うた。

「け、契約者を己に依存させ、最高の舞台で裏切り絶望させるおつもりでしょう？　貴方様の高尚なお考え、私は理解しております。ですからどうぞ私の失言をお許しくださいませ。そのように魔力を溢れさせては、ヴァールハイト様の契約者にも悪影響を及ぼしかねません！」

このまま眼前の同族を潰してしまおうかという昏い思考に傾いていたヴァールハイトは、フィータの一言で正気に戻った。

悪魔が魔力で人の世に影響をもたらす場合、それが契約者のための行使であれば対価が必要になる。その大前提を守らねば、悪魔は勿論、契約者も相応の罰を受けるのだ。

もしも今、ヴァールハイトがフィータを排除したとしても、無礼な格下の悪魔を処分しただけで別にオリアのためではない。建前はそうだ。しかし本当だろうか？

腹立たしく感じているのは、フィータの言動に嘲笑《ちょうしょう》を嗅ぎ取ったから。それ以外に理由などあるはずがない。だがならば何故、ヴァールハイトはオリアの周囲に、より強固な結界を張ったのだろう。家を取り囲むだけでは足りず、下級悪魔には近づくことさえできない緻密で頑丈《がんじょう》なものを。

――くだらない……この女の言う通り、己の獲物が熟すまで他の誰にも邪魔されたくないだけです。

他に理由などない。あるわけがない。――あってはならない。

鼻から息を吐き出し気持ちを切り替えると、ヴァールハイトは軽く右手を振った。たったそれだけで、凝《こご》っていた空気が元に戻る。地鳴りはやみ、荒れていた天候は晴天に戻っていた。

「お、お許しくださり、ありがとうございます」

ヴァールハイトの怒りが緩んだことを察したのか、フィータは地べたに額を擦りつけて平伏し、素早く空高く舞い上がった。少々滑稽な逃げ足の速さに、ヴァールハイトは毒気を抜かれてしまう。途端に馬鹿らしくなり、大慌てで飛び去ってゆく女を冷めた目で見送った。

残されたのは静寂。

いつも通りの森の中は木々の騒《ざわ》めきが穏やかで、虫や動物たちの息吹が感じられた。先ほどまでの緊迫感などどこにも残されていない。ただの日常が流れていた。

「……オリアは私の獲物です。誰にも渡しません」

欲望に忠実な悪魔は、時に同族の獲物さえも掠め取ろうとする。もしもオリアのことが地獄で話題になっているとしたら、フィータ以外にも興味を持つ不届き者が現れるかもしれない。だとしたら、油断できないと思った。

これからはもっと警戒しなければならないだろう。不埒な人間の男どもだけではなく、自分以外の悪魔からもオリアを守らなければ。

大事に育てた極上の餌。今更他者の手になど渡さない。あれを味わっていいのは、自分だけだ。

ヴァールハイトは赤い瞳に昏い光を宿し、家の中に入った。

何も知らない彼女は、今も呑気に昼寝を貪っている。気楽なものだと嘆息しつつ、ヴァールハイトはオリアを起こさないようそっと寝室に戻った。

ベッドの上には穏やかな寝息を立てる彼女。

この十年、ずっと傍らで見守り続けた子供は、すっかり大人の女になった。人間の成長は驚くほど速い。一人では到底生きられなかった頼りない生き物が、気がつけば自ら稼ぎ、立派に生活をしている。その生命力としなやかさは、悪魔にとって眩しかった。

長い時を生きる自分たちと比べれば、人の一生など瞬きの間のようなものだ。その短い時間の中で様々なことが凝縮され燃え尽きるからこそ、悪魔は人間に惹きつけられずにはいられないのかもしれない。

愚かで矮小《わいしょう》な、それでいて力強く可能性に満ちた人間たちに。

「……ん、ん……」

ぐっすり眠っていたオリアの手が、シーツの上をさまよった。何かを探し上下する。目当てのものが見つからなかったらしく、彼女の眉間に皺が寄った。

「どこ……ノワール……」

――多少は大人になったかと思えば、やはりまだまだ子供ですね。

十九年も生きてまだ、安眠枕よろしく獣姿の自分がいなければ不安を覚えるのかと苦笑した。幼い時と何も変わらない。柔らかな毛を撫でて安心感を得ていた頃のまま。身体は大人になっても、心はノワールに引っ付いていないと眠れなかった当時と同じだ。

だが、妙に胸が温かい。仕方がないから狼の姿に戻ろうとした時――

「……ヴァールハイト……」

呼ばれたもう一つの名に、心臓を摑まれたかと思った。

ベッドをさまよう彼女の手が探しているのは、モフモフの毛皮ではない。抱きしめて安心する愛玩動物を求めているわけではなかった。

小さかった手はすっかり大人の女性のものになり、縋るものを探している。見つからず悲しげに歪むオリアの顔を見ていられなくて、ヴァールハイトは咄嗟に彼女の手を握っていた。

「……ぁあ……」

吐息交じりに漏れた女の声に、眩暈を覚えた。

綻んだ唇。緩んだ眉間。ふにゃりと崩れた相好《そうごう》。どれもがヴァールハイトの視線を釘付けにする。瞬きもできず、目を逸らせなかった。

繫いだ手が熱い。火傷《やけど》しそうな熱に狼狽し放しかけると、それより一瞬早く強く握り返される。行かないで、と言葉にされるより雄弁に引き留められ、ヴァールハイトは動けなくなっていた。

細い指。脆そうな手首。頼りない腕。ゆっくり視線を動かし、オリアの肩を辿って眠る表情に戻る。

見慣れていたはずの寝姿が、不意に見知らぬ女に思えた。

無防備に投げ出された手足は、自分への信頼の証だ。ヴァールハイトが己を傷つけるは

ずはないと、心の底から信じている。まさかいつか食らわれるために生かされているなんて、考えてみたこともないだろう。当然だ。ヴァールハイトは巧みに隠し続けているのだから。

だからこそ悪魔でありながら真実しか語れなくても、核心には触れず、オリアの追及を躱している。

嘘を吐かず、契約者に誠実であること。

これは一種の誓いだ。

制約に従うことで、自らの想いの強さを示そうとしている。いつか秘めた願いが叶うように。祈りに似た切実さで順守すべきこと。長年の希望を成就させるには、並大抵のことでは足りない。悪魔が『嘘は口にしない』という無茶とも思える決まりを己に課してこそ、この願いは『あの方』へ届くに違いなかった。

――そう。だからこれは、私の願いを叶えるまでの暇潰しに過ぎません。

意味なんてない。持て余した時間を有効活用して、ご馳走にありつこうとしているだけだ。悪魔らしく契約者を惑わし、自分に依存させて最終的に手酷く裏切れば、オリアの絶望は計り知れないものになるだろう。その瞬間を夢見て心待ちにしているだけにすぎない。

ヴァールハイトはこれまで食したことのない極上の魂の味を想像し、舌なめずりをした。おそらく美味などという安っぽい表現では追いつかないほどのご馳走になるはずだ。

だが何故だろう。

甘美なはずの舌触りは酷くざらつき、口内には幻の苦味が広がっていた。

◇◇◇◇◇

爽やかな目覚めだ。

たっぷり惰眠を貪ったオリアは晴れやかな気分で目を覚ました。

何か、とてもいい夢を見ていた気がする。ノワールの毛皮に包まれて、かつヴァールハイトに見守られ抱きしめてもらったような……

「うふふ。二つの姿で同時に存在するわけがないのに、我ながら素晴らしい夢だったな。もしかしたら私の願望が噴出したのかも……」

ノワールとヴァールハイト、どちらも同じだけ愛おしく感じているから、両方傍にいてほしい。欲張りなことは承知で、オリアは自分の理想を具現化した夢に満足していた。

「それにしてもよく寝た……今何時だろ？」

隣に横たわってくれていたノワールはもういない。それを少しだけ残念に感じつつ、オリアは起き上がってカーテンを引いた。

日の傾きから考えて、正午をだいぶ過ぎた頃だろうか。数時間ぐっすり眠っていたらしい。大きく伸びをして、深呼吸した。頭がすっきりして気分がいい。やはり睡眠と休息は大事だなと実感した。

「若さに甘えて無理しちゃ駄目ね……ん？」

一人呟き反省していると、コツコツと窓を外から叩く音がした。見れば、綺麗な小鳥が嘴《くちばし》で窓を突いている。

「チッチ！」

オリアが窓を開けると、小鳥はいつものように愛らしく首を傾げた。

いつの頃からかは忘れたが、チッチと名付けたこの子は、たまにオリアを訪ねてきてくれる。餌付《えづ》けしたわけでもないし、他の生き物はオリアに染みついたノワールの匂いを恐れて避けてゆくのに、変わった鳥だ。

今日も伸ばした指先にのり、美しい鳴き声を聞かせてくれた。

「ふふ……チッチはどこの子？　野生でここまで人に懐くとは思えないけど……あっ」

頭を撫でようとすると、小鳥は急に飛び去ってしまった。気まぐれな子だ。たっぷり撫でさせてくれることもあるが、今日はそういう気分ではなかったらしい。

「残念」

「――起きましたか」

オリアがチッチの飛び去った空を眺めていると、寝室の扉が開いた。ノワールではなくヴァールハイトが立っていて、ついポカンとしてしまう。

「お、おはよう？」

「どうして疑問形なんです。お腹は空きましたか？　食べるなら、温め直します」

「えっ、ヴァールハイトが何か作ってくれたの？」

いったいいつ以来だろう。珍しい事態にオリアは何度も瞬きした。たぶん前回は、オリアの誕生日だ。その日だけは毎年、豪華な食事を彼が用意してくれるのである。

スンと鼻から息を吸うと、いい香りが漂ってきた。いかにも美味しそうな料理の匂いに、たちまち空腹が刺激される。

「ええ。たまにはやらないと、腕が鈍りますから」

何でもないことのようにヴァールハイトは言い、踵《きびす》を返す。オリアは慌てて彼の後を追った。

「どういう風の吹き回し？　今までいくらお願いしても無視してきたのに」

「ただの気まぐれです。悪魔は気分がのれば、何の利益にもならないお願いを聞いて差し上げることもあるんですよ」

「へぇ。あ、もしかして何かいいことでもあったの？」

特別なことでもなければ、ヴァールハイトがこんなことをしてくれるとは思えなかった。最近では、滅多に人型さえ見せてくれないのだから。

自分が眠っている間に浮かれるようなことがあったのかと思い、オリアは笑顔で問いかけた。だが彼は僅かに瞳を陰らせる。

「……いいことは、まったくないですね」

「そうなの？　じゃあまさか……逆に嫌なことがあったの？　私も落ち込んだ時、ぶわっと料理すると気分が晴れることがあるもん」

ヴァールハイトは普段、ノワールの時と違って不満や文句をあまり口にしない。どちらかと言うと、人型でいる時の方が無口だ。そのせいで、オリアは己の与り知らぬところで彼が不快な目に遭ったのかと不安になった。

と言うか、基本ずっと一緒にいるのだから、ヴァールハイトが気分を損ねた原因はオリアにある可能性が高い。

「……私、何かした……？」

「……貴女は本当に、私の調子を狂わせますね」

苦りきった彼の顔に、やはり何かしでかしてしまったのだと確信し、オリアは思い切り頭を下げた。

「ごめんなさい……！　直すから言って。ヴァールハイトが嫌なことは、極力しないよう気をつけるから！」

ノワールに怒られるのはいつものことでも、ヴァールハイトを立腹させることは滅多にない。何だかとても悪いことをした気分になる。普段文句ばかり垂れている相手に嫌味を言われるより、寡黙な人の更なる沈黙の方が辛いのである。

「――別に、オリアに腹を立てているわけではないので、安心してください」

「……そうなの？　でも、だったらどうして……」

「それより、食べるなら顔と手を洗ってらっしゃい。目やにがついていますよ」

「えっ」

それは一大事だ。オリアは大慌てで顔を洗いに行った。

「うう……最悪」

恥ずかしい。いくら寝起きの顔を見られ慣れていても、乙女心が傷ついた。

汲んでおいた水でバシャバシャと洗顔し、タオルを叩きつける勢いで水気を拭う。先刻まで素晴らしい夢の余韻に浸っていたのに台無しだ。しかもせっかくヴァールハイトが料理を振る舞ってくれようとしているのに。

身支度を整えたオリアが台所に向かうと、彼が煮込み料理を皿によそってくれた。大きな肉と野菜が柔らかそうに形を崩している。温かな湯気《ゆげ》と食欲をそそる匂いに、オリアのお腹がグゥと鳴った。

「はっ、今の聞こえた……っ？」

「……自己申告しなければ、聞こえない振りをしてあげましたけど」

「だったら、気づかなかった振りもしてよ……！」

席に着いたオリアは恥ずかしさを紛らわすため、ついいつもの癖で自らの手を組み合わせ祈りの姿勢になっていた。

「こら、待ちなさい。貴女が自分で調理したものに関しては見逃してきましたが、悪魔の私が作ったものに対して神への感謝を述べるつもりじゃないでしょうね？」

「あ、しまった」

「しまったじゃありません。私に対するとんだ冒瀆《ぼうとく》ですよ」

「そ、そうだね。ごめんなさい。でも食べ物に対する感謝はしてもいいでしょう？」

己の糧になってくれる野菜にも肉にも、等しく命が含まれている。それらに対し、オリアは敬意を払いたかった。

「……仕方ありませんね。許可します。ただし聖句を口にしたら怒りますよ」

「はい」

許しを得て、オリアはこれから口にする食べ物へ感謝を述べた。勿論、作ってくれたヴァールハイトへも、心を込めて礼を言う。そして早速、料理を口に運んだ。

「美味しい！」

更にもう一口。続いてもう一口と止まらない。

「慌てずゆっくり食べなさい。お茶は飲みますか？」

「……ヴァールハイトってやっぱりどこかお母さんみたい……」

「私は子供を持った覚えはありません。いくら悪魔でも、男性体が産むのは無理ですよ。よく悪魔は木の股から生まれると人は言いますが、ただの迷信です。普通に雄と雌が性交渉をして発生します」

「いや、食事時にそういう生々しい話はちょっと……」

いくら嘘を嫌う彼でも、そんなことまでぶっちゃけてくれなくていい。

オリアはスプーンで一番大きな肉を掬《すく》い、口に運んだ。よく煮込まれた肉は、口内で柔らかく解ける。野菜や香草の旨味が溶け込んでいて、頬が落ちそうなほどの絶品だった。

「んんっ、最高……！　ヴァールハイトってば、料理の天才。私じゃこんなに美味しく作れないもの」

「貴女はせっかちだから、じっくり時間をかけられないのでしょう。数分おきに鍋の蓋を開けていては、せっかくの熱が逃げるだけです。もっと何事にも落ち着きを持ちなさい」

「ええ……お説教……？」

だが仮に説教だとしても、久しぶりにふたりで囲む食卓は楽しかった。

互いに向かい合って椅子に座り、料理を食べる。同じ目線で交わす会話は一層オリアの気持ちを弾ませた。久しぶりに『家族団らん』をしている気分になり、スプーンを持つ手がますます止まらない。

「お世辞抜きで、美味しいよ。私、すごく幸せ」

「……単純ですね、貴女は」

「えへへ。ヴァールハイトかノワールが傍にいてくれるだけで、私はいつでも幸福に浸れるの」

嘘でも誇張でもない。それがオリアの本心だった。

多くのことを望むつもりはなく、両手で抱えられる程度の幸せがあればいい。自分にとっては眼前の悪魔が一緒にいてくれることがそれだ。

きっと他の人が聞けば、眉をひそめるだろう。

仕立屋の主人も、魚屋の女将も『馬鹿なことを言うな』とオリアを咎めるかもしれない。ユーリだって怖がって逃げ出す可能性がある。神父に至っては、オリアを悪魔と通じた罪人として罰しても不思議はなかった。

「……変かな。うん、変だよね。だけどできるだけ長く、傍にいてほしいなって、いつも願っているの」

一生は無理でも、あと少し。具体的に何年と問われると答えられない。いや、優しい自分だけの悪魔に対価を差し出してでも、死ぬまで共にいてほしいという願いを叶えてもらいたくなってしまう。――――それだけは、してはいけないのに。

ヴァールハイトの意に反して傍にいてもらっても意味はない。たとえ彼にとって自分の一生がたいしたことのない短い時間であっても、無理やり隣に留まってもらうことは、オリアの本意ではなかった。

許されるなら、ヴァールハイト自らの意思で、一緒にいてほしい。贅沢な無理難題だと分かっている。けれどだからこそ――オリアの頭には『契約破棄』がちらつくのだ。

――私との主従関係がなくなっても、こうして共にいてくれたら……なんて、ありえない望みなのにね……

損得ではなく、彼にオリアを選んでほしい。口に出せない願いは、料理と一緒に呑み込んだ。

――もし……この先もずっと彼が傍にいてくれるとしたら……

その場合、オリアとヴァールハイトの外見年齢はいつか同じになり、やがては自分が追い越してしまう。いずれ祖母と孫のように見られる日も来るかもしれないのだ。

そんな想像をしたのは今日が初めてで、不思議と突きさすような痛みが胸に走った。

――あれ？　それは……何だか辛い。一緒にいてくれるのは嬉しいし、ノワールとなら気にならないのに……何故こんなに胸が軋《きし》むんだろう……？

考えても分からない。ただ痛む心をごまかすため、オリアはあえて微笑んだ。

「本当に、美味しいよ」

「それはもう何度も聞きました」

「何度でも言いたい。だって気持ちはちゃんと言葉にしないと、伝わらないもの。……私ね、大好きなの。ヴァールハイトの手料理」

「それはどうも。お代わりしますか？」

そっけなく言った彼に、オリアは大きく頷いた。

「うん！　大盛りで！」

「では思う存分太ってください」

意地悪を言いつつ、ヴァールハイトはたっぷり皿によそってくれた。二皿目も、オリアはモリモリ食べてゆく。

「元気が満ちてくる。これで繕い物の仕事も頑張れそう！」

「徹夜も夜更《よふ》かしも今後は禁止です。若いと思って無茶をしていると、のちのち後悔しますよ」

「気のせいか実感が籠もっているなぁ……ヴァールハイトは若い頃に無茶をして、しっぺ返しを受けたことがあるの？」

「……まぁそれなりに長く生きていますので、色々あります。でも……いいえ、少なくともオリアより経験は豊富ですから」

僅かに言い淀んだ彼は、そっと視線を逸らした。その含みのある言い方にオリアは違和感を抱いたが、ヴァールハイトから無言の拒絶を感じ、それ以上追及しようとは思わなかった。

誰にでも語りたくないことはある。

彼は嘘を吐かないから、しつこく問い詰めれば教えてくれるかもしれない。しかし無理強いしてまでオリアにヴァールハイトの全てを話させる権利はないし、親しき仲にも礼儀は必要。軽々しく踏みこんではいけない領域は、大事に思うからこそ守らねばならないのだ。

――いつか、彼が話してもいいと思う存在に私がなれたら嬉しいけど……

だがそれにしても、そもそも彼は何歳なのだろう。外見年齢は二十代半ばだが、鵜呑みにはできない。悪魔の見た目は自由自在だと聞いたことがある。

「……ねぇ、今まで聞いたことがなかったけど、ヴァールハイトって年はいくつなの？」

「いきなり何ですか。もう年齢など数えてはいませんが、精々千年弱しか生きていませんよ」

「千……っ？」

予想していたよりずっと長い、気が遠くなるほどの年月だ。それでは人間の一生など本当に瞬間的なものだろう。

――そっか……やっぱりヴァールハイトにとっては、私なんてあっという間に通り過ぎるだけの小さな存在なんだなぁ……

キリキリと胸が痛んだ。彼は自分にとっては家族同然のかけがえのない相手だが、ヴァールハイトから見ればオリアなど路傍《ろぼう》の石と大差ないのかもしれない。

しかし改めて突きつけられると、それで良かったと感じているのも事実だった。

――だってどう頑張っても、私は先に逝《い》くもの。残される彼が、傷つかない方がいい。大事に思っている相手に置いて逝かれるのは辛い。たいして記憶のない両親の死ですら、オリアには悲しい出来事なのだ。だとしたら、ヴァールハイトにとって自分が取るに足らない存在である方が、救われる気がした。

「……思っていたより、おじさんなんだね、ヴァールハイト。いやむしろお爺ちゃん……？」

「馬鹿なことを言っていると、もう食べさせませんよ。悪魔にとって千年足らずなど、まだ若手の部類です。もっと上位の者は、それこそ世界ができあがった時から存在していますからね」

「え。それもう想像もつかない話なんだけど……」

「人間には、原初の存在など思い描くことすら無理でしょうね」

軽く嫌味を言われた気もするが、オリアは素直に感心してしまった。

「すごいなぁ……ヴァールハイトは千年近くも悪魔として生きてきたんだねぇ……」

「……全てが悪魔として、ではありません」

「え？」

あまりにも小声で呟かれたため、彼の言葉はよく聞こえなかった。オリアが問い返すと、ヴァールハイトは曖昧に微笑み、食事を続ける。

「この話は、これで終わりにしましょう。昔のこと過ぎて、よく覚えていません」

「そうなの？　まぁ千年近くも前のことじゃ仕方ないよね。私なんて一週間前のことすら曖昧だよ……」

「それはオリアの記憶力が心許ないだけでしょう。貴女は人間としても不出来な部類ですからね」

「酷い！」

抗議の声を上げると、彼は珍しく声を出して笑った。温かな日常。オリアの宝物が、確かにあった。

3　悪魔は食事を所望する

「合同お見合い……？」

　オリアが声を潜めて問い返すと、赤い癖毛とそばかすが印象的なリタは快活に笑った。

「そんな大それたものじゃないって！　新しく友人を作るための気軽な食事会みたいなものよ。ほらこの町って、小さいじゃない？　若い男女の数が少ないから、昨今は積極的に動かないと出会いの場もないのよねぇ……」

　家まで遊びに来てくれる数少ない友人であるリタと茶を飲みながら、オリアは大きな両目を瞬いた。

　今日もいつも通り繕い物の仕事をしていたところに、彼女が訪ねてきたのだ。気まぐれなリタは、思い立ったら突然連絡もなくやって来る。けれどオリアもそんな自由奔放《ほんぽう》な友人が嫌いではない。

本日も彼女がお土産に持ってきてくれた菓子を台所で摘まみながら楽しく会話をしていたのだが、突然振られた話題にオリアは戸惑った。

明るく行動的なリタは、時折突拍子もないことを言ってくる。

「しかも優良物件はどんどん売約済みになっちゃうじゃない？　でも近場で余り者同士妥協はしたくないでしょ。そこでやや範囲を広げ、近くの町の人たちと交流を持とうってわけ！」

「はぁ……なるほど」

彼女の言葉に納得しつつ、オリアにはそれがどう自分に関わってくるのか不明だった。

「大変なのね」

「何で人ごとなのよ。オリアだって同じでしょ。むしろ私より崖《がけ》っぷちだと思うけど」

「が、崖っぷち？」

物騒な言葉に瞠目する。するとリタはテーブル越しにずいっと身を乗り出してきた。

「あんたねぇ、このまま嫁《とつ》ぎ遅れたらどうするつもり？　お兄さんだっていずれは結婚してこっちに戻ってくるかもしれないじゃない。そしたらこの家で暮らせないでしょう。オリアは父親がいない分、男に舐められやすいんだから、相当気を引き締めてかからないと、ふざけた求婚をされかねないよ」

大抵の家庭で、娘の婚姻は最終的に父親が決めるものだ。その際、婚家と条件について話し合うのも父親の役目になる。後ろ盾である男親がいないと、不利な条件を強いられて泣く泣く嫁がざるを得なくなる娘が少なくなかった。または、結婚自体を諦めなければならないのが実情だ。

「私はまだ誰とも結婚するつもりがないんだけど……」

「ああ、もう！　いつまで悠長なことを言っているつもり？　正直、男は若い女の方が好きな奴が多いの。できる限り好条件の相手を捕まえるには、早く動き出した方がいいに決まっているじゃない！」

「は、はい」

リタにあまりの剣幕で力説され、オリアは操られるように頷いていた。友人の勢いが怖い。目が血走り気味で、茶化したりはぐらかしたりできる雰囲気ではなかった。

「分かってくれたのね、オリア？　それじゃ、明後日の昼にミゲルの店に集合だから。よろしくね」

「えっ」

いつの間にか、オリアも集まりに出席することになっていたらしい。

「あの、リタ。私は参加するとは言っていないし、明後日はひと月振りに教会に行こうかと思っていて……」

「お洒落して来るのよ。あんたは着飾ればすごく可愛いんだから！」

言うだけ言って、友人は爽やかに帰って行った。まるで台風そのものだ。残されたのは呆然としたオリアと、白けた顔で床に伏せていたノワールである。

「……で？　男漁りに赴くつもりですか」

「変な言い方しないでよ。リタも気軽な食事会だって言ってたじゃない」

彼は冷ややかな流し目を寄こし、耳を動かした。完全に呆れている。しかしオリアだって行きたいわけではないのだ。けれど約束（したつもりはないが）した手前、すっぽかすわけにはいかないだろう。

それに――

――悪魔離れするいい機会かもしれない……

このままでいたいと願うのと同じだけ、将来に不安もある。いくらオリアが熱望しても、彼が一生傍にいてくれることはありえないのだ。それなら、自分の方から独り立ちしなくてはいけないのではないか。

先日ふと思い至った『自分がヴァールハイトの外見年齢を超える』恐怖が今も胸にこびりついていた。

その日を想像すると、いつか来る別れの予感よりも悲しくて泣きたくなる。『傍にいる』という望みは叶っているはずなのに、何故か切なくて堪らないのだ。

心がひりつく原因がよく分からない分、余計に辛い。

憂鬱の溜め息を吐き、オリアは天井を仰いだ。

「今日と明日で、仕事を頑張らなきゃ、間に合わなくなりそう……」

「徹夜と夜更かしは認めませんよ」

間髪を容れずに苦言を呈《てい》され、ぐぅの音も出ない。週末にかけ、かなり必死で努力しなければならないことが不本意ながら決定した。乗り気ではない催しのために。

「はぁ……」

深々と吐いたオリアの溜め息は、ノワールの尾が床に打ちつけられる音に掻き消された。

以上のやりとりがあったのが二日前。

そして本日。皮肉なくらいの晴天の下、オリアはミゲルの店にいた。大衆食堂の中でも、若者に人気の店だ。今日は貸し切りになっているらしい。

「待っていたわよ、オリア!」

「リタ……」

満面の笑みで駆け寄ってきた友人に、オリアは情けない顔で応えた。人が大勢いるところは苦手だ。しかもこれまであまり接点を持ったことがない若い男性が多い場は、気後れするのに充分な空間だった。他の女性参加者も、可愛く綺麗な人ばかり。まるで祭りのように、皆華やかに装っていた。

「ちょっとオリア、お洒落して来てって言ったのに、何よその格好は? 教会へ懺悔《ざんげ》しに行くつもり？」

「きちんとした外出着はこれくらいしか持ってないもの」

地味なワンピース姿のオリアを上から下まで眺めた友人は、盛大な溜め息を吐いた。

「あんた、十九のうら若き乙女にして女を捨てるのは早すぎるわよ。――いやオリアの場合、まだ女にもなっていない子供のままってこと……？」

「全部聞こえているわよ、リタ」

失礼な彼女を軽く睨めば、リタは大げさに肩を竦めた。

「まぁ、いいわ。こっちに来て、オリア。皆さんに紹介するから」

気は進まないが、ここは彼女の顔を立てねばなるまい。だいたいリタも意地悪でこんなことをしているわけではないのだ。

――私の将来を心配して誘ってくれたんだものね……

異性にも結婚にも興味はないけれど、仕方ない。傍から見れば、両親がなく一人で暮らしている自分は、とても危なっかしく見えるのだろう。オリアは場の雰囲気を悪くしないようある程度顔を出したら、さりげなく抜け出そうと考えた。

最低限の義理を果たせば、リタも許してくれるに違いない。

――あぁ、それにしてもノワール怒っているだろうなぁ……今朝は一言も口をきいてくれなかったし……でも、仕方ないじゃない。私だって色々考えているんだから……

思い出すと気分が沈む。

一昨日、リタが企画した食事会に参加すると決めてから、彼はずっと不機嫌だった。おそらくオリアが自分の言うことに従わなかったのが面白くないのだ。言動の端々から『やめると言いなさい』という圧力を感じた。それでもオリアが意思を撤回しないと知るや、無言の抗議を決行し始めたのである。

おかげで今朝は最悪な空気の中、朝の挨拶も交わさず家を出てきた。完全にへそを曲げたノワールはふて寝を決め込み、この十年で初めてオリアと別行動をしているのだ。

——何だか不思議な感じ……いつもなら足下に狼の気配があって、何かあれば尻尾で叩かれていたのに……気のせいかな、足下が寒いみたいな……

弱気になりかけ、オリアは慌てて頭を左右に振った。

——いやいや、寂しくなんてない！　これは私の将来のために必要なことよ。だいたいいつまでもノワールに頼っていられないもの。彼を私に縛りつけたくない。だから寂しいなんて気のせいに決まっているわ。

悔しいから、認めたくない。だったらいっそこの会を楽しんでやろうと決意して、拳を握り締めたオリアはリタに背中を押され、見知らぬ男性陣の輪の中へ連れこまれた。

「皆さん、注目！　紹介するわね。彼女はオリア、私の親友よ。裁縫の腕が町一番なの。料理も上手だし働き者で優しい、最高にいい女なんだから！」

「ちょ、ちょっとリタ……」

いくら何でも盛り過ぎだ。過剰な褒め言葉の羅列《られつ》に、オリアの方が恥ずかしくなってしまった。男性陣の興味深げな視線が集まり、堪え切れず赤面して俯く。緊張してまともに顔を上げられないでいると――

「それは素晴らしいですね。愛らしく、魅力的な方ですし、是非お近づきになりたい」

――え？

聞き間違えるはずのない声に、オリアは硬直した。

何故、彼がここにいる。

もしや幻聴だろうかと、恐る恐る上げた視線の先に立っていたのは。

「ヴァ、ヴァールハイト……っ？」

涼しい顔をして、極上の美男子が持っていたグラスを掲げた。悔しいが絵になる。他の女性参加者たちは頬を染め、彼へ熱い視線を注いでいた。

「な、な、何でっ……」

「あら？　あなたたち知り合いだったの？　オリアったら、こんな格好いい人と顔見知りだなんて、案外やるじゃない。隅に置けないわね。私が心配することなかったかしら？」

「えっ、や、違っ……リタ！」

にこやかに肩を叩いてくる友人は、悪意の欠片もなくオリアを前に押し出した。眼前に立っていたヴァールハイトとの距離が更に縮まる。そしてリタは素早く耳打ちしてきた。

「ふたりきりにしてあげる。感謝しなさいよ！　彼は一番人気だから、他の女に取られないよう頑張って。大丈夫、オリアならやればできる！」

お節介な友人は要らぬ気遣いを発揮し、勇ましく親指を立てた。もしも彼女が男性なら、『素敵』と感じてしまうほどの漢《おとこ》らしさだ。しかしリタは女性。しかも心底いらない配慮である。

「待って。誤解よ、リタ！」

「それじゃ、皆さん。間もなく食事の準備もできますので、あちらでゆっくりお喋りしましょう」

さりげなく他の参加者を誘導し、彼女は宣言通りオリアとヴァールハイトをふたりきりにした。見事な手腕である。社交を取り仕切る貴族の奥方でも、こうも上手くは采配《さいはい》できないだろう。

だが取り残されたオリアに感謝の気持ちが芽生えるはずもなかった。

「……これはいったいどういうことなの……」

「決まっています。貴女が羽目を外さないよう、監視に来ました。お子様のオリアには、保護者が必要でしょう。しかしこれほど簡単に参加者として潜り込めるとは、警戒心が足りませんね」

「交流を深めるための個人的食事会で、警戒も何もあったもんじゃないわよ……」

頭が痛い。

いっそこの場にしゃがみ込んで、夢なら覚めてと祈りたい気分だ。しかし何度瞬いても、しれっと立っているのはヴァールハイトに間違いなかった。

――想定外だわ。まさか先回りしているなんて……でも保護者が必要ってどういう意味よ。何だかとてもモヤモヤするわ。彼に『子供』だと言われるのは初めてじゃないのに、今日はすごく嫌な気分。何も人前で言わなくてもいいじゃない……

会場には、オリアと同年代でもずっと大人っぽく綺麗な女性が多かった。誰もが新しい出会いを探しに来ているのだ。ヴァールハイトにそんな煌びやかな人たちと自分が比べられているのだ思うと、何故か不快感がせり上がってきた。

――どうせ私は経験値の低いお子様よっ……

意味の分からぬ感情から目を背け、オリアは大きく息を吸った。

「もうっ……今日はついて来ないいんだって油断してたのに、こんな真似をするなんて信じられない」

「貴女の意思を尊重し、家から出さないという強硬手段を選ばなかっただけ、ありがたく思いなさい」

もしかしたら監禁された可能性もあったのかと思い、ゾッとした。彼ならやりかねない気がしたからだ。

「お、大げさなんじゃない？　ちょっと交友関係を広げようとしただけなのに……」

「最終的には、股を広げるでしょう」

「広げないってば！　何でそんなに短絡的なのよ」

「他の雄の臭いがついては、味が悪くなるんですよ」

何かと言うと『股』をどうこうすると宣う彼に、オリアは真っ赤になって詰め寄った。

これでも一応、妙齢の乙女である。あまり開けっ広げな話はやめてほしい。

「とにかく、ちょっとこっちへ来て」

ヴァールハイトに向けられる女性陣の視線から逃れたくて、オリアは彼の腕を引いて部屋の片隅に連れこんだ。そこは棚の陰になっており、少しは人目を避けられる。

「……どうやってここに潜り込んだの……」

「ごく普通に、貴女の友人であるリタに頼んだだけですよ。魔力は使っていません。彼女は『女性陣が喜びそう。これで競争率を下げられるわ』と言って許可してくれました」

――リタったら……！　そういえばあの子、隣町のオーガストが格好いいって言っていたわ。彼も女性にかなりモテていて、争奪戦状態だったはず……まさかっ？

オリアが会場を振り返れば、件の友人は大柄で鍛え上げられた身体を持つ男性と楽しそうに話をしていた。勿論、オーガストその人である。リタは筋骨隆々で整った顔立ちの男性が好みなのだ。

——まさかリタ……オーガストを確実に射止めるために、女性陣の人気を分散しようとしたのね。策士だわ……！

してやられた。おそらくヴァールハイトを餌にして、他の女性の目を彼に集め、まんまとオーガストを確保したのだ。もしも他に注目を集める男性がいないと、どうしたって人気のあるオーガストに独身女性たちが群がってしまう。そんな事態を避けるため、急に参加を希望したヴァールハイトを受け入れたのだろう。剛腕過ぎて我が友人ながら恐ろしい。

——くっ……そういえば、彼女は今までヴァールハイトと会ったことがなかったから、彼が表向き私の兄を名乗っていることも顔も知らなかったのね……

オリアとリタが親しくなったのは、この数年のことだ。それまでは同じ町に暮らしていても、会えば話す程度の付き合いでしかなかった。互いの家を行き来するほど親密になったのは、ヴァールハイトが専らノワールの姿で過ごすことが多くなってからなのである。

——ああ、もう。いっそこの人は私の兄だと言って、ヴァールハイトと一緒に帰っちゃおうかな。

だが宴は始まったばかり。いきなり抜けては場を白けさせてしまうだろう。

楽しそうに歓談する出席者たちを見回し、オリアは額に手をやった。

「どうしました。頭が痛いのですか」

「ええ。ついでに気分も最悪よ。まったく、人前に出るのが大嫌いなヴァールハイトがどうして……」

「他の雄の手垢でもついたら、許せませんからね」

「え？　何か言った？」

盛り上がる人々の話し声に掻き消され、ヴァールハイトの言葉はよく聞き取れなかった。だが優雅な所作で飲み物を口に運ぶ彼は、「いいえ」と微笑んだだけだ。

「オリアも何か飲みますか？　取ってきてあげましょう」

「……ありがとう」

すぐ傍の卓から果汁の入ったグラスを彼が持ってきてくれ、オリアは一気に中身を呷《あお》った。甘酸っぱさが丁度いい。動揺していた気持ちが落ち着いてくる。

ほぅ、と息を吐いたオリアは、ジト目でヴァールハイトを見上げた。

「で？　今日は私を一日中監視するつもり？　そんなことしなくても、ま、股をその、あれしたりしないわよ」

「オリアにその気がなくても、ケダモノたちはやる気満々ですよ。この会場に満ち溢れる肉欲の気配が分かりませんか？　まるで発情期の獣です。もしくは魔女のサバトで行われる乱交パーティです。束になって襲い掛かられたらどうするのですか？　ちょっと走った程度で音を上げる貴女が、男どもの力に抗えるはずがないでしょう」

「偏見だわ……世の中そういう人たちばかりじゃないから、大丈夫よ。だいたい言わせてもらえば、ヴァールハイトの方がよっぽど危ないわ」

この前のことを忘れたのか。

オリアは彼に押し倒され、下着を露出させられて際どいところに触れられたことを思い出した。あれはノワールとしてきた口づけ未満のじゃれ合いより、ずっと淫靡で背徳的だった気がする。

今グラスを持っているヴァールハイトの細く長い指がオリアの肌に触れ、蠢く赤い舌が、この唇を舐めたのだ。改めて思い至り、オリアの全身が真っ赤に茹だった。急激に羞恥が募り、息が苦しくなる。

乱れた呼吸を咳払いでごまかしても、一向に眩暈は治まってくれなかった。

「どうしました、オリア。体調が悪そうですね」

「な、何でもないっ」

こちらに伸ばされた彼の手をつい振り払う。熱を帯びた頬に気づかれたくなかった。動揺のあまりヴァールハイトに背を向けたオリアは、何度も深呼吸した。

「と、とにかく今日は邪魔しないで。これは『命令』よ。貴方が心配するようなことは絶対ないから、安心して見守っていてよ……！」

「……絶対、ね。――――ここは美味しそうな匂いが充満しているというのに……」

「え？　ああ、料理の香りのこと？　ミゲルさんの店は、美味しくて評判がいいものね」

今まさに大皿に盛られた料理が並べられ始め、オリアは納得した。確かにとても食欲をそそる匂いだ。自分がほとんど外食をしないせいか、つい味付けや盛り付けに興味を惹かれてしまう。

「せっかくだから、私たちもいただこうよ」

オリアはヴァールハイトの腕を引き、料理に近づいた。今日は各々が好きなものを皿に取り、立食形式で楽しむらしい。

「食事をしてしばらく様子を見たら帰るから、それまで大人しくしていてね……！」

周囲には聞こえないよう小声で囁き、オリアは自分と彼の分の皿を取った。料理をよそう列に並ぶ際、さりげなくヴァールハイトと距離を取る。間に数人が入り、彼と離れることに成功した。

——せっかく独り立ちしようと決めたのに、決意が鈍っちゃう……！　リタに余計な誤解をされても面倒だし……

今後のことを考えると気が重くなる。せめて彼女が自分のことに集中し、こちらに注意を払っていないことを期待したのだが、さまよわせた視線の先で、オリアを苦々しく見ているリタと目が合ってしまった。

「ひぇっ……」

彼女は口をパクパクと動かし、『何やっているのよ！』と動作だけで叱責してくる。だが、傍らに立つオーガストにそんな剣幕を見せないのは流石だった。

――まずい。どうにかしてリタの意識を逸らさないと……！

オリアは彼女の追及から逃れるため、料理をよそうとその流れのまま顔見知りの女性たちの輪に紛れ込んだ。

「ひ、久しぶり」

「あら、オリア！　貴女がこういう会に来るのは、珍しいじゃない」

「う、うん。リタに誘われて……」

曖昧に濁せば女性たちから『私もよ』と笑いが上がった。そこに別の男性たちが話しかけてくる。

「楽しそうなところに、僕らも交ぜてくれませんか？」

「ええ、是非お話ししましょう」

「え」

せっかく女性だけのところに潜り込んだのに、あっという間に男女混合の集まりが誕生してしまった。しかし今更『私は嫌です』なんて言えない。そもそも今日は、『男女の交流を図る』ための催しなのだ。

仕方なくオリアは、愛想笑いを浮かべて彼らの話に相槌を打つ。こんなことなら、ヴァールハイトの傍を離れない方が良かったかもしれない。

けれど自分と他の女性を見比べられたくなかったし、彼に集まる女性たちの視線も何だか不快だった。離れたかった理由は、たぶん複雑だ。一つだけではない。

それでも一つだけ確実に言えることは――

――ノワールといる時だって注目されがちなのに、今日は何かが違う。それがとても嫌だ……。

彼と一緒にいて、見られることには慣れているはず。けれど向けられている視線の種類が違った。

大きな狼に注がれるのは、畏怖と驚き。対してヴァールハイトに集まったのは、異性への興味に他ならない。それがオリアの胸を騒めかせた。

もしも彼が愛想よく彼女たちに応えたとしたら――そんな場面は、絶対に見たくない。

「ははっ、オリアさんは控えめな方ですね」

「そ、そうですか？　変わり者とはよく言われますけど……」

「オリアは森の中の一軒家に、独りで住んでいるんですよ。大きな犬がいるから安心なのかもしれないけど、普通は怖いし不便だからやめますよねぇ」

「いや、見かけによらず逞しく自立していらっしゃる」

話し好きの友人がいたおかげでひとしきり会話は盛り上がったが、その分オリアは疲弊した。やはり親しくない人と長く話すのは疲れる。気を遣いすぎて、食欲も湧かない。せっかくの美味しそうな料理は、砂を噛む心地がした。

——あぁ……ヴァールハイトの作ったご飯……美味しかったなぁ……

先日の煮込み料理を思い出し、口内に唾液が滲んだ。

——って、苛々していたはずなのに、私ってば馬鹿みたい……

結局は彼のことを考えている自分に苦笑する。どこにいても、何をしていても、鮮やかに心に描くのはたった一人。ふとした瞬間にヴァールハイトのことばかり思い出してしまう。帰りたい、と無意識に思いを馳せたのは、悪魔と暮らすあの家。

——さっきはちょっと言い過ぎたかな……ヴァールハイトだって私を心配してついて来てくれたのかもしれないし……ついカッとなっちゃったけど、謝った方がいい気がしてきた……

特別愉快でもない上面だけの会話に限界を感じ始めた頃、オリアは会場内に彼の姿が見当たらないことに気がついた。

歓談する人の中にも、料理を食べる人の中にもヴァールハイトはいない。勿論物陰にも姿はない。あれほど目立つ容姿なのだから、見落とすことはないだろう。

オリアは念のため室内をもう一度見渡し、彼の不在を確認した。

「え……どこに行ったの？」

まさか自分を置いて帰ってしまったのだろうか。先ほどオリアの方から離れて冷たくあしらったことも忘れ、急に悲しくなってしまう。根拠はないけれど、色々あってもヴァールハイトは傍にいてくれるものだと信じ込んでいたのだ。

「ご、ごめんなさい。私ちょっとお手洗いに行ってきます……」

適当な言い訳をし、オリアはその場を離れた。もしかしたら、店の外にある庭にいるかもしれないと思ったからだ。日差しが強いため外で飲食している人は少ないが、テーブルと椅子は置いてある。大きなパラソルの下に集まって、お喋りに興じている人はチラホラいた。

「……ヴァールハイト？」

しかしその中にも彼はいなかった。

途端に不安になったオリアは、視線をさまよわせる。すると、どこかで見た覚えのある小鳥が、枝にとまりこちらを見ていることに気がついた。

「……チッチ……？」

あれは家にたまに遊びに来る小鳥ではないか。

色彩の鮮やかな小鳥は愛らしく首を傾げた。てっきり森の中に住んでいると思っていたが、町で飼われていたのだろうか。

しかしオリアが近づく前にチッチらしき小鳥は飛び去って行った。

その方向はミゲルの店の裏庭。

少人数のガーデンパーティ用に貸し切りにされる場所だ。今日は開放されていないはずだが、もしかしたらひと気を嫌ったヴァールハイトが休んでいるかもしれない。そう思いついたオリアは、足早に庭を突っ切り建物の裏に回った。

生け垣で区切られた裏庭に辿り着き、木々に遮られた中を覗く。すると、人がいる気配がした。

「そこにいるの？　ヴァールハイト……」

置いていかれたのではなかったのだと、自分でも驚くほどオリアは安堵していた。先ほどまでの苛立ちも忘れ、笑顔で裏庭に足を踏み入れようとする。しかし、根が生えたように身体が動かなくなっていた。

「……ぁ、あっ……そんなにしちゃ、駄目っ……」

漏れ聞こえる女の甘い声。こちらに背を向けたヴァールハイトの身体の陰から、細い手足が垣間見えた。鮮やかな赤い服は、彼が身に着けていたものではない。女性らしい装飾が施されたスカートの裾が、ふわりと揺れた。

「もっと快楽の感情を寄こしなさい。どうにも腹が減って堪らない……この程度では満たされませんが、多少は凌げます」

「ぁあんっ」

持ち上げられた女の片脚が宙で揺れた。真っ白い太腿が、太陽の光の下で艶めかしく動く。吸い寄せられるように凝視していたオリアは、よろめいた身体を支えるために傍らの枝に手をついた。

ガサリと木の葉が揺れる。その音で彼が振り返った。

「おや、オリア。どうしました？」

こんな場面を目撃されたにもかかわらず、ヴァールハイトは何でもないふうに微笑んだ。まるで動揺もしていない。微塵も気にしていないらしく、ゆっくり女性から身体を離した。抱き合っていた女性が、糸の切れた操り人形のようにくずおれる。声もなく倒れた彼女は、意識を失っているようだった。

「暑いでしょう。室内にいては如何です？　食事は美味しかったですか？」

ごく普通の会話。それが、殊更軋《きし》んで聞こえる。オリアは信じられない思いで、一歩後退った。

「何、言っているの？　そんな場合じゃないでしょう……だいたいその人、気を失っているんじゃないの？　大丈夫なの？」

もしも何らかの持病の発作が起きたのなら大変だ。すぐにでも介抱しなければならない。

オリアは戦慄く身体を叱咤して、どうにか裏庭に入った。

「ああ……心配には及びません、彼女の感情をちょっと多めに食べてしまっただけです。

じき目が覚めるでしょう」

「感情を、食べた……？」

「はい。オリアが食事をしているのを見ていたら、私も腹が減りまして。けれど私にとって人間の食事は最低限の栄養を補うだけで、心まで満たしてくれるものではありません。激しい飢えは特別甘美な味でないと……」

ヴァールハイトの口の端から、チロリと焔が覗いた。彼は人間ではないのだと、強く見せつけられる。どうしようもなく息が詰まり、オリアの膝から力が抜けた。

「危ない」

咄嗟に支えてくれたヴァールハイトの腕。いつも安らぎをくれる、大好きな腕。それなのに瞬間的に嫌悪が込み上げ、オリアは彼の身体を押し返していた。

「嫌っ……！」

触られたくない。今さっき、別の女性に触れていた手で。自分でも説明できない衝動に支配され、オリアはヴァールハイトを睨みつけた。

「こんなところで、何をしていたのよ……っ？」

「ですから食事ですよ？」

心底意味が分からないといった風情で彼は首を傾げた。ヴァールハイトにとっては、本当に何でもないことらしい。いくら倒れた女性の胸元が乱れ、白く滑《なめ》らかな脚が剥き出しになっていたとしても。

彼自身に着衣の乱れはないから、最後まではしていないのだと思う。しかし、問題はそんなことではなかった。

「貴方、いつもこんなことをしていたの……？」

自分の与り知らぬところで、オリア以外を相手に。それを裏切りと感じるのはどうしてだろう。

「いいえ？　この十年は契約者の貴女からいただく対価だけで満足していましたから。けれど今日はどうしても空腹を我慢できませんでした。私も悪魔の端くれですので、こういう欲望が渦巻く場所では理性を揺さ振られます。まして目の前にご馳走を並べられれば、味見したくなるというものでしょう？」

何か問題でも？　と続けたヴァールハイトに、疚《やま》しさを感じている様子は欠片もなかった。そのことが、どうしようもなくオリアを傷つける。

いっそ、狼狽してほしかった。

慌てふためいて言い訳の一つもしてくれたら、逆に救われた気さえする。そうでないと彼にとってああいう行為は、本当に何の意味もないどうでもいいことだと証明しているのも同然だからだ。

つまりは、オリアを押し倒したことも同列でしかない。ただの食事で、誰に見られても知られても、恥じることがなく気にもかからない日常の行為の一つ。その程度のことなのだと宣言されたのと同じだった。

――彼は悪魔だから、人間の常識に当て嵌めて考える方が、馬鹿げている。分かっていた……それなのにどうして、私はこんなに悲しくなっているの……

胸が痛い。息が苦しくて涙が溢れそうになっている。どうしようもなく黒い感情が心の中に広がっていった。

「オリア？　いったいどうしたのですか？」

この気持ちは、ヴァールハイトには永遠に理解できないだろう。分厚い壁がふたりを隔てている。立ち位置も考え方も違いすぎ、絶対に分かり合えないのだと、オリアの中に諦念が落ちた。

「……その人を、こんな炎天下に放ってはおけない。せめて日陰に運んであげないと……」

嫉妬も知らなかったオリアの無垢な心に火傷しそうな熱が生まれる。放置すれば、内側から焦げてしまいそう。持て余す感情をぐっと堪え、オリアは倒れたままの女性を抱き起こした。

意識のない人間はとても重い。自分一人では運べそうもないが、彼に助けを求める気にはなれなかった。オリアは意地でも力を借りるものかと歯を食いしばって女性を引き摺り、どうにか木陰に彼女を横たえ、服の乱れを直してやる。

その際、胸元に散った赤い痕に気づき、頭の中が沸騰しかけた。

――嫌っ……。

ここに、ヴァールハイトの唇が触れたのか。思わず握り締めた拳の中で、自分の爪が掌に食い込んだ。痛いはずなのに、何も感じない。その程度の苦痛よりも、引き裂かれた胸の内がずっと激痛を訴えているからだ。

「いつになく心が乱れていますね。不愉快なことでもありましたか？」

真後ろに立つ男の気配。何も分かっていない彼の発言に、オリアの中で何かが弾けた。

「……あったよ。今、ものすごく気分が悪い。全部ヴァールハイトのせいだよ……」

「私の？　いったい私が何をしたと言うのですか？」

何もしていない。少なくとも、オリアには。

彼はいつだって自分に優しく、気を遣ってくれている。しかしだからと言って大事にされているわけでもないのだと、悟ってしまった。

結局のところ、『どうでもいい』のだ。あの行為に意味がないように、これまで彼がオリアにしてくれたことに心は籠もっていなかったのかもしれない。そう思うと、世界が崩れるほどの絶望を覚えた。

醜い感情が抑え切れない。噴き出し口を求め、オリアの中で暴れ狂っている。吐き出さなければ己の心と身体が壊れてしまいそうで、一度強く目を閉じてからヴァールハイトと対峙した。

「……貴方には、全部ただの食事なんだね」

「先ほどからそう言っています。久しぶりにオリア以外のものを食べましたが、味はイマイチでした。やはり貴女がくれる至高の味を知ってしまうと、他のものは足下にも及びませんね……腹の足し程度にしかなりません。オリアのものが、私がこれまで食してきた中で一番美味しい」

「……対価とは、違うの」

「対価は、契約者が支払うべき義務。絶対に必要なものです。対して今日の食事は魔力の行使云々に関わらない、私のたまの贅沢とでも言ったところでしょうか。その女が撒き散らす熟れた匂いに、一口齧《かじ》ってみたくなっただけです。人と同じ飲食で腹は満たされても、力の源を埋めるものはそれぞれの悪魔によって違う。私にとっては、自信と快楽の感情こそがそれに当たります。以前も言いましたよね？」

激しい眩暈に襲われて、オリアは再び目を閉じた。

これ以上、何も聞きたくない。叶うなら耳を塞ぎ、逃げ出してしまいたかった。でもできない。したくない。今彼に背を向ければ、決定的に何かを失う気がした。

「……本当に、相手は誰でもいいんだね……この女の人がヴァールハイトの特別な人とかではないんだ……？」

「妙なことを聞きますね。人間だって鮮度や味を気にしても、食べ物自体に特別な関心を持つことなどないでしょう？　悪魔が契約者以外の人間に興味を持つことなどありません」

言葉の刃が、無数にオリアへ降り注ぐ。きっとヴァールハイトは分かっていない。今の台詞がそのまま、オリアを切り裂く武器になったことを。

「……そっか……よく分かったよ。貴方はどこまでも『悪魔』なんだね……」

「今更。いつもそう言っています。今日は本当におかしいですよ、オリア」

確かにおかしい。黒い感情に支配されて、自分でもどうしていいのか判断できない。当たり前だと信じていた全てが、偽りだと知ってしまったから。

頭では理解していたつもりだ。自分たちを繋ぐのは契約で、彼の一存で破棄することも可能な、脆いものでしかないことを。違う種族に、共通認識を求める愚かさを。

けれど全部『つもり』でしかなかった。

本当のオリアは、勝手に期待し夢見ていたにすぎない。それを覆されたから、『裏切られた』と感じているのだろう。

――私が理想を押しつけていただけで、ある意味ヴァールハイトはずっと正直だったし誠実でさえあったのに……

溢れそうになる涙は、瞬きで振り払った。

泣きたくない。涙をこぼしてしまえば、もっと惨めな気分になる。それだけはすまいと、オリアは両足を踏ん張った。

「……ヴァールハイトはこれからもこういう食事をするの？」

「必須ではありませんが、興がのればすると思います。それに貴女からいただく対価だけで腹が満たされない時は、他で補充します。人間の快楽を摂取するのが、一番手っ取り早いですからね」

ならば、オリアができる限り彼の魔力に頼らず、対価が必要ないお願いばかりしてきたことが、この事態を招いたのかもしれない。そう思い至り、鼻の奥がツンと痛んだ。

悲しくて、苦しい。叫び出したいほど、気持ちの持って行き場がなかった。

様々な思いがゴチャゴチャに絡み合い、オリアの中で吹き荒れている。全て投げ出したい衝動と、汚い感情。説明のつかない複雑なもの。破裂しそうなそれらと向かい合い、最後に残ったものは一つだけ。

――ああ……私、ヴァールハイトが他の女性に触れるのが嫌なんだ……

自分以外の人と親密になってほしくない。別の女性を性的な目で見ないでほしい。あの手で、舌で、唇で、オリア以外に触れてほしくなかった。

彼が、好きだから。家族としてではなく、特別な異性として愛しているから。

「……最低」

悪態はヴァールハイトに向けたものではなかった。自分に対して罵《ののし》ったのだ。しかし愚かで無力な己の間抜けさをもっと罵倒したいのに、これ以上言葉が出てこない。口を開けば声が震えてしまいそうで、オリアは喉に力を込めた。

やっと分かった。

彼とずっと一緒にいたいと願ったのは、寂しさからではない。ましてや家族愛などでもない。もっと生々しくて身勝手な、恋だったからだ。気がつかなかったのは、オリアが子供で己の本心から目を逸らし続けていたせい。

そうしないと自分が傷つくだけだと本能で悟っていたのだろう。本当に狡《ずる》くて卑怯。

ヴァールハイトの意思で傍にいてほしいと嘯《うそぶ》きながら、縛りつける真似しかしてこなかったくせに。一度も契約破棄を彼に訴えてこなかったことが、その証拠だ。現状に甘んじ、不安定な関係に縋りついていただけ。

色々理由をつけ教会に通うのも、今日の催しに参加したことも、突き詰めれば彼の関心を引きたかっただけなのだとはっきり自覚した。

「……オリア？」

ヴァールハイトの声音に、こちらを気遣う色が滲んだ。オリアが黙りこくり、俯いたまま動かなくなったからだろう。

——そんな偽りの心配なんて、いらないのに。

見せかけの優しさは、辛いだけだ。余計にオリアをズタズタにする。瞼の裏が熱くなり、もう堪え切れなかった。

「だったら、これからは……全部私で食事をすればいいじゃない」

吐き出した言葉に、一番驚いたのは自分自身。けれど一度口にしてしまったものを、取り消すことはできなかった。

「自信と快楽でしょう？　全て私が支払ってあげる。対価としてでも、食事としてでもいい。ヴァールハイトが飢えないよう、お腹いっぱいになるまで私から食べればいいよ……！」

「何を言っているのですか、オリア」

困惑を露《あらわ》にした彼が、赤い瞳を揺らした。普段冷静な彼が動揺するのは珍しい。オリアは一歩踏み出し、ヴァールハイトの服の裾を摑んだ。

「私の方が美味しいって、さっき言っていたよね。だったらあげる。いくらでも食べていいよ……！　そうすれば、よそでつまみ食いなんてしないで済むでしょう」

背伸びして彼の顔を下から覗き込めば、ヴァールハイトは微かに眉をひそめた。こちらにじっと注がれる眼差しが痛い。刺さるほど強い視線に焦がされるかと感じた。それでも目を逸らさず、オリアは彼を見つめ続ける。

真剣な瞳で、己の意志の固さを告げた。酔狂や思いつきでないと、雄弁な双眸で語る。

そのままどれくらい時間が過ぎただろう。

見つめ合い膠着していた時を動かしたのは、彼の方だった。

「……貴女は嫌だと言ったでしょう」

「え？」

「この姿でオリアに触れ、快楽を食らった時『もうしたくない』と貴女は言いました。そんなに嫌なら無理強いするつもりはありません。対価は別の方法でもいただけますし、食べたくなれば他で食事をすればいいだけです」

――私の、ため？

悪魔の論理は、人間には理解が及ばない。ヴァールハイトの言葉も、オリアには意味が分からなかった。しかし汲み取れなくても、感じ取れるものはある。

――私が嫌がったから、他の女性で賄おうとしたの……？

人の倫理観からすれば、考えられない。何も解決しないしむしろ事態を複雑にするだけだ。けれど彼の側から考えたら、別の形が見えてくるのかもしれない。

オリアには計り知れない悪魔の常識。きっとそれを人間である自分が完全に理解することも、共有することも不可能だ。だが最も大事なことは、一つだけ。

「……これからは、私の感情だけを食べて。他の人のものは一切口にしないで。……『命令』だよ」

悲しい懇願に、オリアの瞳から涙が溢れた。彼の服の端を摑んだ拳の強さが、願いの大きさをそのまま表している。

ヴァールハイトは幾度か口を開き、その度に探る眼差しを向けてきた。

音になりきらない言葉が、ふたりの間に降り積もる。まだ互いに何を言うべきなのか決められないから、双方迷っている。それでも欲してやまないもののために、オリアは怖々手を伸ばした。

「ヴァールハイトは、私だけの悪魔でしょう……？」

恋着が独占欲に変わる。きっと今、自分は酷く醜い顔をしているのかもしれない。それでも、よかった。

彼を他の誰かに奪われないためなら、ヴァールハイトが別の女性に触れないためなら、どれだけ狡い真似でもオリアは平気だ。むしろ喜んで、卑怯になれる気がした。

「オリア、言っている意味が分かっていますか？」

「勿論。ヴァールハイトがもう別の人から食べないと約束してくれるなら、私の全部をあげる」

ゴクリと悪魔の喉が上下した。

「……一度足を踏み入れれば、もう二度と引き返せませんよ？」

退路を示すようなことを言いながらも、彼の手に力が籠もるのが伝わってくる。本当は今すぐ捕らえたいのを、必死で我慢しているのだと感じられた。

「……引き返したり、絶対にしない」

赤い瞳に、劣情の焔が揺れる。その艶めいた昏い光に、オリアの内側で何かが疼いた。

「――では、今まさに満たされていない私の飢えを、早速癒やしてくれますか……？ああ、どうしてでしょう。先ほどよりもっと、飢餓《きが》感が増しています」

頬を辿る彼の掌が、これまでになく熱く滾《たぎ》っていた。肌を撫でる指先がいやらしい。官能的な触れ方に、オリアの膝が笑った。

「……ぁっ……」

「家に帰りましょう。――ここでは、ゆっくり貴女を食らえない」

「で、でもあの女の人をこのままには……っ」

「そろそろ目を覚ますでしょう。その時は、どうせ何も覚えていません……オリア、私を焦らさないでください」

耳元で囁かれた低音が、そのまま媚薬に変わった。クラクラして、何も考えられなくなる。ヴァールハイトの香りで鼻腔がいっぱいになり、高い気温も相まってオリアはのぼせそうになった。酔わされ、乱される。冷静な判断力が狂わされることこそ、悪魔の誘惑にのせられているのかもしれない。

「……リタに、伝えてくる。もう、帰るから心配しないでって……」

「ええ、そうしてください。その後は私の魔力を使い家に戻りましょう。悠長に歩いて帰る気にはなれません。そんな余裕はない。今すぐオリアを食べたくて、頭がおかしくなりそうだ」

背筋を駆けあがる愉悦で、息が詰まる。真っ赤になった顔を彼の胸に押しつけたまま頷き、オリアは踵を返した。

食堂の中にいた友人を見つけ、もう抜けることを告げる。残念そうにしたリタだが、落ち着かない様子のオリアに何かを察したのだろう。途中で帰ることを快く了解してくれた。

「その代わり、後で話を聞かせてもらうからね。私も結果を報告したいし、近々また会おう」

「うん……」

彼女は楽しそうに約束を口にしたけれど、おそらくいずれ語られる内容は、同じ恋の話でも自分とは似て非なるものだ。

新しい出会いや、恋の成就なんて甘く可愛いものではない。リタの描く胸躍る愉快な未来と、オリアがこれから進もうとする茨の道は、決して交わらないもの。明るく笑う友人を、オリアは眩しく見つめた。

「じゃあね、リタ」

「頑張って、オリア！」

手を振ってミゲルの店を出れば、相変わらず皮肉なほどの晴天だった。降り注ぐ太陽の光に焼かれ、罪を白日の下に晒された心地になる。ヴァールハイトに促され、オリアはひと気の少ない路地に進んだ。

裏路地は日当たりが悪く、いつも闇が凝っている。その中で、彼は嫣然と微笑んだ。

――不思議……ずっとノワールにはお日様の光が似合うと思っていたのに、ヴァールハイトには暗闇がよく似合う。まるで、夜を支配しているみたい……

光量の乏しい場所にいるからこそ、より一層彼の美しさが際立っていた。仄かな光に陰影が強調され、漆黒がヴァールハイトに傅《かしず》いている。紛れもなく彼は、闇の生き物だった。

「こっちへいらっしゃい。オリア」

こちらに伸ばされた、白く長い指先。爪の形さえも淫らに感じられ、オリアの鼓動が大きく跳ねる。手首から腕を伝い視線で辿れば、ヴァールハイトの淫猥な瞳に搦め捕られていた。

「どうぞ貴女から、私のところまで来てください」

悪魔に呼ばれ、オリアは足を前に出す。その腕に、自ら囚われるために。

瞬き一つの間に、周囲は裏路地から見慣れた室内へ変わっていた。この瞬間は、何度経験しても驚く。だが戸惑う間もなく奪われた唇に、オリアは呼吸を忘れた。

——これが、本物の口づけ……

今までどんなに淫らに舐められても、唇同士を触れ合わせたことはなかった。それはノワールともヴァールハイトとも同様だ。

噛みつかれる勢いで唇を合わせ口内を蹂躙されると、口が密着しているせいで上手く息が吸えない。喘ぐように大きく開いた唇は、たちまち彼に深く食らわれていた。

——苦しいっ……

後頭部を押さえられていて、身を引くこともできない。ただ荒々しく貪られるだけ。それでもやめてほしいとオリアは思わなかった。

むしろ長く続くキスに少しでも慣れてくると、もっとと求めずにはいられない。自ら舌を差し出し、肢体をくねらせ、ヴァールハイトの動きに合わせた。彼の背中に自分の両腕を回すと、その場に押し倒される。背中をベッドに受け止められ、ヴァールハイトの肩越しに見た天井はいつもの寝室。鼻腔を満たす香りは、毎夜オリアを癒やしてくれるものだ。

だが、覆い被さる男の空気は違っていた。

「オリア……」

呼ばれた名が全身に血を駆け巡らせる。こんなに切実な響きで名前を呼ばれたことは今までにない。そのせいで耳が火傷《やけど》するかと思った。

「んっ……」

服越しの身体が熱く、発熱しているのかと心配になるほど互いの体温が上がってゆく。乳房を掬い上げられた刹那《せつな》、オリアは全身を強張らせた。

「……怖い、ですか？」

剝き出しの欲望を滴らせながら、それでもこちらを気遣う言動に惑わされる。彼の行動は全て心が伴わないものだとしても、オリアは夢を見そうになっていた。

いや、夢見ていたいのだと思い直す。この行為に対価や食事以外の意味を見出したいのだ。愛されているのではないかと、勘違いしていたかった。

せめて、今日この時だけ。初めて愛する男に身体を許す時くらい、幸福な幻の中にいたい。仮にすぐ覚める夢だとしても——

「大丈夫、酷いことはしません」

そんな見せかけだけの優しさが最も酷いことであるとは、ヴァールハイトには想像もできないのだろう。オリアの内側で、また一つ諦めが増えた。

欲しいのはたった一つ。彼の心。しかし決して手に入らないものだと知っている。故に、求めることすら滑稽な気がした。

「……悪魔の言うことなんて、信じてないよ」

「失礼ですね。私は真実しか口にしません」

だからこそ、残酷なのだ。

苦く微笑んだ唇の端を舐められる。舌先で擽られた掻痒感で緩んだ隙に、またオリアの口内へ彼の舌が忍びこんできた。

「……はっ……」

淫猥な水音が鼓膜を揺らす。

酸欠状態で頭にぼんやり霞がかかり、いつの間に服をはだけさせられたのか分からなかった。胸を覆う下着をずらされ、平均的な大きさの乳房がこぼれ出る。日に焼けていないそこは真っ白で、頂だけが果実めいた赤に色づいていた。

「……綺麗ですね」

「あんまり、見ないで……っ」

お世辞なんていらないのに、褒められて嬉しいのは恋をしている女の愚かさだ。上辺だけの言葉でも、宝物のように感じてしまう。大好きな相手に称賛され、嬉しくないわけがなかった。

「お断りします。オリアは羞恥を覚えると、余計に甘く香しい匂いを発する。まるで私を酔わせる食前酒です」

赤い舌を蠢かせ、ヴァールハイトがうっとり呟いた。本当に酒に酔っているかの如く、蕩《とろ》けた眼差しをオリアに向けてくる。淫靡な視線で全身を撫で回され、オリアはますます身体を火照らせた。

「やっ……」

柔肉を揉まれ、形を変える自分の乳房がいやらしい。直接触られたのはこれが初めて。何ものにも遮られず彼の掌の大きさと熱が伝わり、オリアの喉が干上がった。

「ん、ふ、ぁっ……」

「素直な身体ですね。ほら、ここが硬くなっているのが分かりますか。もっと触ってとねだられている気分です」

「ひ、ぁっ」

胸の頂を二本の指で摘まれ、オリアは背をしならせた。汗が身体中に滲み、前髪が額に張りつく。首筋に纏わりついて不快だった髪の毛は、ヴァールハイトがそっと撫でつけ直してくれた。

自分で触れても何も感じない場所が、信じられないほど敏感になっている。特に乳房の果実が顕著で、ほんの少し扱かれただけなのに、濡れた吐息が漏れてしまう。一度嬌声がこぼれると、もう口を閉じてなどいられなかった。

「や、ぁ……っ、そこ、触っちゃ駄目……！」

「気持ちがいいからですか？　ああ、美味しい。もっとオリアの快楽をください。食べれば食べるほど、渇望が大きくなる……っ」

凄絶な色香を撒き散らし、彼は舌先でオリアの肌を愛撫した。唾液の線が白い肌に引かれる。無垢な処女の肌が、悪魔の体液で汚され塗り潰される様に、ヴァールハイトはより興奮を覚えているらしかった。

「んんっ……」

「移動に費やした魔力に対する対価も含め、この程度ではまったく足りません」

「あっ」

スカートを捲られ、ドロワーズを脚から抜き取られた。あまりの早業に呆然としている内に、オリアの膝へ彼の手がかけられる。

「ま、待って」

「お断りします。それとも、自分で開きますか？」

何ものにも覆われていない恥ずかしい場所を、自ら開くなんてできるわけがない。選びようのない提案に愕然としていると、彼の両手に力が込められた。

「……あ、やぁ……っ」

恥ずかしい。けれど抗えない。

太腿に込めたオリアの抵抗は弱々しく、到底男の力に敵うものではなかった。ゆっくり開かれてゆく脚が、余計に羞恥を加速させる。乱れた吐息は熱く、漏れ出る声は艶めいていた。

「触りますよ」

「わざわざ言わないで……！」

とても現実を直視する勇気がなく、オリアは目を閉じた。だが直後に後悔する。視界を閉ざすと、他の感覚が鋭敏になる。例えば聴覚や嗅覚。そして触覚が何よりも鋭くなると知らなかったからだ。

「ぁ、あっ……？」

内腿を撫でられ、四肢を戦慄かせた。膝を啄《ついば》むのは、おそらくヴァールハイトの唇。持ち上げられた右脚に、ちくりとした痛みが刻まれた。

「何……？」

転々と移動する刺激にオリアは下ろしていた瞼を引き上げる。そして、驚愕に目を見開いた。

脚の付け根のすぐ傍に、彼の顔がある。あとほんの少し上にあがれば、そこは秘めるべき場所だ。柔らかなヴァールハイトの髪に内腿を擽られ、言葉にならない悲鳴を上げた。

「っ……」

「暴れてはいけません、オリア」

穏やかに窘《たしな》めてくるけれど、オリアの脚を摑む彼の手に容赦はなかった。反射的に逃れようとした身体は、強引に引き戻される。むしろ先ほどよりも密着し、一番隠したくて恥ずかしい部分にヴァールハイトの舌が伸ばされようとしていた。

「駄目……っ！」

こんなこと、信じられない。信じたくない。

清めてもいない汚れた場所を舐められるなんて、オリアの常識の中には存在していなかった。誰も教えてくれなかったし、どんな本にも書かれていないことだ。ひょっとして『してはいけないこと』なのではないかと怯えが募る。

しかし戸惑いは、圧倒的な快感で塗り潰されてしまった。

「ぁ、んぁッ」

柔らかな器官に、神経の集中した敏感な淫芽を嬲《なぶ》られる。オリアの花芯をねっとりと押し潰してくるものが彼の舌だと察しても、やめてと叫ぶ余裕はもはやなかった。

くちくちと淫靡な水音が下肢から聞こえる。ヴァールハイトの舌が執拗かつ丁寧に、オリアの花芽を転がした。突かれ、押され、弾かれる。僅かに触れられるだけでもゾワゾワとした喜悦が生まれるのに、ちゅうっと口内に吸い上げられては堪らなかった。

「やぁ……ッ」

急激に頭の中が真っ白になり、弾けた快楽で手足が踊る。ビクリと指先まで痙攣し、上手く息が吸えない。オリアの爪先が丸まり、シーツに皺を刻んだ。

「……は……いくらでも食べられそうです。貴女の快楽はとても甘いのに、胸焼けしない。

「オリア、こっちを見てください」

茫洋《ぼうよう》とさまよっていた意識は、顎を捕らわれたことで引き戻された。真上から覗き込んでくる彼の視線に射貫かれ、怖いほど鼓動が疾走する。これ以上加速されたら心臓が壊れてしまうのではないかと不安になり、オリアはつい瞳を逸らしてしまった。

「……悪い子ですね。そっちがその気なら、遠慮しませんよ？」

「え？　……嫌ぁっ？」

両脚を抱えられ、オリアは仰向けのまま身体を腰から二つ折りにされた。秘すべき花弁が、大きく左右に開かれる。あまりにも淫らな状態に涙が滲んだ。

「ひ、酷い。やめて、ヴァールハイト！」

「貴女の全部をくれるのでしょう？　それとも、嘘だったのですか？」

「だからって……」

「オリアの身体の中で、私の知らない場所があるのは気に食わない。全て何もかも、私だけのものだ」

熱烈な睦言だと勘違いするほど、心情の籠もった言葉に酔わされた。その内のほんの僅かでも、オリアが期待する意味であったなら、どんなにいいだろう。

これが大好きな相手に求められ、口説かれ、愛を確かめ合う行為であったなら。

――それでも、今だけは……

忘れたい現実から逃れ、オリアは唇を震わせた。きっと今なら、何を口走ってもこの場の雰囲気に流されただけだとごまかせる。気分を盛り上げるための戯言だと許してもらえるだろう。

本当の気持ちを告げたい思いと、彼を困らせたくない感情がせめぎ合う。オリアが負けてしまったのは、やはり少なからず怖かったからだ。

生まれて初めて異性に肌を晒し、受け入れる恐怖。人ではなく悪魔に身を任せる罪悪感。だがそれらを凌駕するほど、ヴァールハイトを自分に繋ぎとめたい気持ちが強かった。見苦しくてもいい。臆病者の狡さで、逃げ道を用意してしか本心を告げられない。

「……好き……貴方が、好き」

思い返せば、彼の作る料理や一緒に過ごす時間、肉球や毛並みについて言及したことはあったけれど、ヴァールハイト自身についての想いを打ち明けたことはなかった。本当はいつだって、この感情がオリアの胸を満たしていたのに。家族愛だと嘯いて、わざと気づかぬ振りをし続けてきた。

向き合うのが怖かったから。

悪魔に心を捧げても、幸せになれるわけはない。彼らは違う種族で、生きることも死ぬことも、本来は共にできない相手なのだ。ただ運命の悪戯で時折交差し、互いの欲をぶつけ合うだけ。オリアたちが何年も平穏に一緒に暮らしてこられたことこそ、奇跡だったのかもしれない。

「……好き……？　ああ、人は長く傍にいると情が湧く生き物でしたね」

オリアの告白を受け、彼は不可解だと言わんばかりに瞬いた。心底理解できないのだろう。オリアがヴァールハイトの言動の全てを呑み込めないのと同じ。どこまでも平行線でしかないのだ。

――それでもいい。どうせ人間同士だって、完全に分かり合うことなんてできないもの。誰でも違う価値観や考え方を持つ。だったら愛された夢を見て、大好きな彼に抱かれたい――

理解し合えないまま、オリアは口づけを求めた。

願い通り与えられたものを享受していると、下腹を通り過ぎたヴァールハイトの指先に叢《くさむら》を撫でられる。つい身を強張らせれば、宥めるキスが瞼とこめかみに落とされた。

「大丈夫です。私を信じなさい」

悪しき存在の悪魔に言われ、安堵してしまう自分はたぶん、おかしくなっている。すっかり術中に嵌まっているのかもしれない。しかしそれの何が問題なのだろう。

堕落するならすればいい。魂を奪われるなら、それでも構わない。彼がオリア以外と親密になることの方が、耐え切れないほど嫌だ。

「……ぁっ……」

繊細な指使いで蜜口を一周辿られ、オリアの爪先が丸まった。誰にも触れられたことのない場所が、早くも期待に戦慄いている。はしたなく綻ぶ花弁が、如実にオリアの本心を代弁していた。

「小さな花ですね。丁寧にほぐさないと快楽どころか苦痛を与えてしまいそうです」

「や、ぁ、あ」

慎ましく閉じた秘裂を上下に擦られ、全身が粟立った。勝手に腹がひくついて、制御できない。自分の身体がまったく自由にならず、オリアは不安に瞳を陰らせた。

「な、何か変……っ」

「変じゃありません。貴女が気持ちいいと感じている証です。ほら、ご覧なさい」

「え？」

ヴァールハイトがオリアの眼前に突きつけてきた彼の指は、透明な滴で濡れていた。水ではない。まして粗相した覚えもない。無知なオリアには正体が分からず、ポカンとして彼を見返した。

「何、これ？」

「貴女の身体が私を受け入れようとして滲ませた蜜です。もっと溢れさせてください」

「……ぇっ」

言うなり、彼の指先に淫芽を転がされた。先ほどの舌とはまた違う悦楽が引き摺り出される。膨れた秘豆を二本の指で擦り合わされ、オリアの腰が魚のように跳ねた。

「ん、ぁあっ……ひ、ゃんッ」

粘着質な水音が大きくなる。身体をシーツの上でくねらせていると、ヴァールハイトの長い指が隘路に沈められた。

「ふ、ぁっ」

「まだ硬いですね。これでは私が入れません」

「んァっ」

ごく浅い部分を行き来されただけでも、違和感が大きかった。これまで何ものにも侵入を許したことのない蜜洞は、酷く狭い。いくら潤滑液《じゅんかつえき》で潤っていても、引き攣れる微かな痛みをオリアは感じた。

「……ヴァールハイト……っ」

「私の背中に手を回しなさい。爪を立てても構いません」

促され彼の背に両手を回し、オリアはヴァールハイトが纏ったままの服を握り締めた。自分はほとんど脱がされて、腹回りに着崩れた衣類が纏わりついているだけなのが恥ずかしい。あまりの落差に、涙が滲む。だがそんな羞恥は、内壁を撫で摩られる快楽に上書きされていった。

「ん、ぁああ……ア、あんッ」

隘路を掻き回され、淫らな水音が奏でられる。淫靡な蜜がオリア自身から溢れているのだと、実感せずにはいられなかった。体内がひくつく度に、下肢が濡れる感覚が大きくなってゆくからだ。

「指を増やします。痛かったら、言ってください」

「んっ」

痛みはない。しかし相変わらず異物感はすさまじかった。

内臓を弄られているような心許なさと、これまで知らなかった愉悦が拮抗する。彼が指を動かす度に、オリアの中に得も言われぬ喜悦が蓄積されていった。以前、ヴァールハイトに膝を押しつけられた時と似ていても激しさが比べものにならない。

じっとしていられなくて悶えれば、掠める口づけに慰撫《いぶ》された。

「……貴女の快楽が流れこんできます。もっと自分を解放してください」

濡れた吐息を吐き出して、彼が恍惚《こうこつ》の表情でオリアの乳房に顔を埋めた。舌に頂を弾かれ、新たな愉悦の種を埋め込まれる。花弁に与えられる法悦はそのままに、上下同時に加えられる快感は残されていた違和感を駆逐《くちく》していった。

「ふ、ぁあっ……ァんッ」

ゆっくり肉壺の奥まで入り込んだヴァールハイトの指が、オリアが冷静ではいられない場所を擦り上げる。刹那、四肢が不随意に踊った。

「ああ……美味しい。こんな味は、食したことがありません。ですがいくら食らってもどんどん腹が減るのは何故でしょう？」

今や三本の指がオリアの蜜窟を犯していた。ぐちゅぐちゅと聞くに耐えない淫音がひっきりなしに掻き鳴らされる。何よりも自分の身体が、『気持ちいい』と叫んでいた。

何かが膨らみ、際限なく大きくなる。いつか弾ける瞬間を予感して尻込みするが、その時が待ち遠しいのも事実だった。オリアの閉じられなくなった口の端から、唾液が伝う。

「……あッ、ぁ、んあッ……」

腰が勝手にうねり、身悶えずにいられない。脚を大きく開いている恥ずかしさなどすっかり忘れ、彼の身体に縋りついた。ヴァールハイトの服に胸の飾りが擦れ、それさえも淫蕩な刺激に変わってゆく。皮膚の全部が過敏になり、何をされても心地いい。強く摑まれた腰の圧迫感や、汗が流れ落ちる感覚にさえオリアは愉悦を拾っていた。

「やぁ……っ、おかしくなっちゃう……っ」

処理し切れない快楽が怖い。彼が食事として食べているなら治まってゆくはずなのに、オリアの得る快感は鎮まるどころか膨れ上がる一方だった。もう身体中どこもかしこも敏感になって、多少乱暴に扱われても悦楽に取って代わられる。

だがヴァールハイトの手つきはどこまでも優しかった。

まるで本物の恋人同士のように、慈しみを持ってオリアの身体を開いてくれる。

初心な肉体が悦びを覚え、あっという間に花開けば、植えられた快楽の種が芽吹き、オリアの全身に根を行きわたらせた。すっかり濡れそぼった蜜口は赤く色づき、熟れた果実の香りを放つ。

じっくり高められたオリアは、二度目の絶頂に達した。

「ぁあぁっ……」

何も考えられない。虚脱した手足がシーツに投げ出される。汗の浮いた胸を上下させ、激しく呼吸するだけ。腫れぼったくなった秘裂は、ジンジンとした疼きを訴えていた。

「オリア……寝ては駄目ですよ。貴女が私の飢えを満たしてくれると言ったのです。この程度では前菜にもなりません」

「え……ぁっ……」

疲れ切り、眠りに落ちかけていたオリアは花弁に触れるものの硬さに身を竦ませた。それが何であるのか、いくら無知なオリアでも分かる。見たことはなくても、とても大きなものであることも。

「ま、待って……」

「待てません。そろそろ私も限界です」

汗を滴らせ、目尻を赤らめた彼の切なげな表情に、胸がときめいてしまう。つい瞬きすら忘れ、オリアはヴァールハイトに見惚れていた。

黒髪の先から珠を結んだ汗の滴が落ちる。常に涼しい顔をした彼が、こんなにも余裕をなくしているのを目にするのは初めて。瞳の奥に揺らぐ劣情の焔にオリアも焼かれてしまいそう。互いの体液を擦りつけ合い、ぐちゃぐちゃに混じり合えば、ヴァールハイトが悪魔であることなど些末な問題である気がした。

「そのまま力を抜いていてください」

「あ……ぁっ」

到底大きさが合わないと思われるものが、オリアの狭い入り口を抉《こ》じ開けた。限界いっぱいまで広げられたあわいが、引き裂かれそうな激痛を生む。存分に濡れていても無垢な処女地は異物を拒んでいた。

「いっ、ぁ、あっ……」

「息を吐きなさい」

「無理……っ」

先刻まで揺蕩っていた快楽の波はすっかり引き、オリアは奥歯を嚙み締め、内壁を蹂躙される苦痛の只中《ただなか》に放り込まれた。傷痕を抉られ、焼けた鉄を押しつけられたよう。脚の付け根から真っ二つにされる感覚に指先までが強張っていた。

痛い。痛くて熱い。

呼吸の仕方など忘れてしまった。それなのに彼は容赦なく腰を押し進めてくる。オリアの快楽を食らいたいなら、これは逆効果ではないのか。そう言おうとした刹那、甘やかに唇を重ねられ、オリアの身体から僅かに力が抜けた。

「……口づけが、好きですか？」

「……好き」

ヴァールハイトがくれるものだから。他の人が相手なら、食べ物を飲み食いする場所を触れ合わせる意義が分からないし、きっと気持ち悪いとしか思えない。

大好きな人と無防備な粘膜を擦り合わせる喜びは、全て彼が教えてくれたものだ。

「いい子です。今度は息を吸って」

言われるがまま肺を震わせれば、またキスをしてもらえた。唇を合わせる度に、オリアの強張りが解けてゆく。乱れていた呼吸は次第に整い出した。

「最初は辛いですが、段々慣れてきます。早く私の形を覚えてください」

つまり、『次』があるらしい。

ただの食事でもいい。またこうして抱き合える可能性に、早くもオリアの心は浮き立つ。

――それなら彼が他の女性に触れることもない。私だけが満たしてあげられる……だったら、いい。他の誰のものにもならないでいてくれるなら――平気。

オリアの下生えを通過した彼の指先が、顔を覗かせた淫芽に至る。そこに触れられた瞬間、消えかけていた快楽が火力を取り戻した。

「……ぁっ」

「今は中よりもこちらの方が反応がいいですね。……可愛らしいですよ、オリア」

「……！」

戯れに等しいたったの一言で心が躍ってしまう自分は、果てしなくヴァールハイトに溺れている。愚かにも、虜になっていると言っても過言ではなかった。

心と連動した身体は、はしたなく蜜を滲ませる。自分でもはっきり自覚できるほど、奥底からとろりと溢れる感覚があった。そんな反応を彼が見逃すはずはなく、途中で止まっていた楔《くさび》をオリアの泥濘《ぬかるみ》に埋めてゆく。

「う、ぁ……っ」

みちみちと隘路を広げられ、悲鳴も出ない。拷問としか思えないのに、ヴァールハイトとの距離が縮むほど至福に包まれた。悩ましい表情でオリアの髪を撫でてくれる手があまりにも優しいから、もうそれだけで、あらゆる問題などどうでもよくなってしまった。

「――はっ……全部、入りました。よく頑張りましたね、オリア」

隙間なく重なった互いの腰が、彼の屹立を全て呑み込めたことを教えてくれる。腹の中がじくじくと痛む。ほっとするのと同時に、これまで感じたことのない激痛で、オリアの両目からは涙が止まらなくなっていた。

しかしそれは幸福の涙でもある。

辛いだけではなく、達成感や充足感も含んだもの。愛しい男を迎え入れられた喜びに、オリアはか細く息を吐いた。

「こ、れで……終わり……？」

彼の空腹は満たされたのだろうか。最後は痛みが大きくて快楽とはかけ離れていた気もするが、満足してくれたなら、嬉しい。頑張った甲斐がある。オリアは潤む瞳を瞬いた。

「ご冗談を。これからが本番です」

「えっ」

てっきりこれで終了だと思っていたオリアは、目を剝いた。もう自分としては疲労困憊で限界なのだが、これ以上何があると言うのだろう。

「ここで終わりでは、オリアは存分に快楽を得ていないでしょう？　痛いまま終えるわけにはいきません。もっと極上の餌を私にください」

「も、もう充分……ひゃっ」

繋がり合う場所の上にある花芯を撫でられ、一気に内側が騒めいた。腹の中のヴァールハイトを締めつけて、彼の形がまざまざと感じられる。存在感のある質量が、更に大きさを増した。

「ど、どうして……っ、苦し……っ」

「貴女がいけないんですよ。そんなふうにきゅうきゅうと締めつけられたら、尚更腹が減って仕方ない……っ」

「あ、あぅっ」

ゆっくり引き抜かれた剛直が、勢いよくオリアを穿つ。男と女の肌がぶつかり、乾いた打擲音が奏でられた。最奥を昂りの切っ先に捉えられたまま腰を回され、オリアの眼前に光が散る。

痛いのに、別の感覚が込み上げた。その間も花芽を嬲られ、もはや苦痛と淫悦のどちらが大きいのか分からない。すると人間の感覚は『苦』よりも『悦』に傾くものらしい。

「覚えがいいですね、オリア。そう、素直に感じていてください」

吐息に艶が混じったのは、自分でも感じた。震える呼気が淫らさを帯びる。優しく脇腹を辿られると、末端まで痺れが広がった。

「……ぁ、あ……」

突き上げられ、引き抜かれる。内壁が隈なく擦られ、オリアは髪を振り乱した。一本に編まれた三つ編みが、シーツの上で暴れる。

そういえば解く余裕もなく抱き合ってしまった。今更ながら自分がどれだけ焦っていたのか自覚する。空腹で飢えていたのは、ヴァールハイトだけではなかったらしい。たぶん、オリアもまた限界だったのだ。

自分をごまかし、本当の気持ちに嘘を吐き続けることが。

「……好きっ……ヴァールハイトが大好きだよ……っ」

「……っ、先ほども聞きましたから、やめてください。——その言葉を聞くと、何故か胸が騒つきます……っ」

届かなくていい。理解されなくても構わない。もとより成就するはずのない願いだと分かっていた。それでも今だけは全部忘れて無心に求め合う。

ベッドが軋み、淫猥に揺れる。壊れてしまうかと思うほど、激しく揺さ振られた。溢れた蜜がシーツに染み込み、濡れた感覚で一層興奮が掻き立てられる。

しなやかに動く彼を見上げ、オリアはヴァールハイトの姿を目に焼き付けた。

「……はっ……オリア……」

掠れた声で呼ばれ、隘路が収縮する。淫らに蠢き、愛しい男を離すまいと窄まった。もっと奥まで来てほしい。誰も知らない深い場所で交じり合いたくて、貪欲に求める。彼の動きに合わせ、オリアは拙《つたな》く腰を振った。

「先ほど純潔を失ったばかりなのに、もうそんなにいやらしくなったのですか？　いいですよ、もっとふしだらになってください」

痛みはいつしか薄れ、快感に取って代わられている。激しく動かれるほど、卑猥な声が押し出された。

「や、ぁっ……あ、あんッ」

「私の名を呼んでください、オリア」

「ヴァ、ヴァールハイト……っ、あ、ぁ、あっ」

乞われるまま口にした瞬間、律動が速まりオリアの視界が上下する。揺さ振られる動きに振り落とされそうで、尚更彼に抱きついた。

「そんなにピッタリしがみつかれては、動きにくいです」

「だって……離れたくない……っ」

少しの隙間もいらない。境目がなくなるくらい密着したい。オリアが半泣きで告げると、ヴァールハイトは赤い瞳を眇めた。

「──オリア……っ、何故こんなに私を狂わせるのですか……っ」

苦しげに吐き出された言葉の意味を問い返す暇はなかった。

オリアの腰を摑む彼の手に力が入り、一際鋭く突き上げられる。肉洞の中、一番弱い部分を重点的に攻め立てられ、オリアの眦から涙が溢れた。

「やぁぁあっ……」

「……っく」

気持ちがいい。快楽が飽和する。強引に高みに押し上げられ、オリアの意識は空中に放り出された。

手足が踊る。全身が引き絞られ、息が吸えない。

喉を晒し、圧倒的な快感に打ち震えるだけ。オリアが達した直後、ヴァールハイトも自身を解放した。オリアの内側で、彼の楔が痙攣する。子宮に打ちつけられる熱液の奔流に、オリアは更なる高みに飛ばされた。

「ぁ、ああ……ッ」

胎内に、欲望の残滓《ざんし》が注がれる。悪魔の子種が、人間のオリアの中で実を結ぶことはないだろう。それでも大好きな男の白濁を受け止めることができて喜びを感じている自分は、どうしようもない馬鹿な女なのかもしれない。

身も心も陥落する。

もう後戻りはできない。家族の振りは不可能だ。

全ては、変わってしまった。変えたのはオリア自身。目を閉じ耳を塞いで現状維持もできたけれど、壊すことを選んだのは他ならぬ自分だった。

——兄妹には戻れないね……

危うくてもギリギリ保っていられた枠を取り払い、変化を望んだことに後悔はない。

それでも、つい先日の穏やかなふたりの食卓を思い出し、オリアの目尻から涙が伝った。

「——眠るにはまだ早いですよ、オリア」

「え?」

意識を手放しかけていたオリアは、情欲を滾らせた男の声に引き戻された。汗だくの身体を反転させられ、うつ伏せにされる。その間、ヴァールハイトの未だ萎えない剛直は奥深く埋められたまま。内壁を擦る角度が変わり、小さく喘いでしまった。

「……あっ……」

「まだ足りません。こんなにも渇望が治まらないのは初めてです。もう少し付き合ってもらいますよ」

「ま、待って……！」

一度白濁が放たれたせいか蜜窟の潤いが増し、彼は滑らかに動き出した。オリアの背中に重なり、緩々と腰を振る。

シーツと身体の隙間に手を差し込まれ、釣鐘《つりがね》状になったオリアの乳房が揉みしだかれた。

「……ぁ、アッ」

「慣れない貴女に無理を強いる気はありませんが……悪いのは、オリアですよ。こんな香りで私を誘うなんて……悪魔の欲を、甘く見ない方がいい」

「誘ってな……ひぁっ」

腰を持ち上げられ、尻を掲げた淫靡な体勢を強要された。オリアの太腿を、混ざり合ったふたりの体液が伝う。

ぐっと後ろに引き寄せられると、密着した結合部からぐちゅりと濡れた音が響いてきた。

「……ん、はぁ……あ、ぁんッ」

前に回されたヴァールハイトの指が、オリアの花芯を弄る。先刻より強く扱かれても、欠片ほどの痛みもなかった。あるのは、絶大な淫悦だけ。目も眩む愉悦に雌猫のように背をしならせ、ふしだらな声で鳴いた。

「ぁああ……っ」

「オリア……」

背中に、肩に、首の後ろに、数えきれないほどのキスの雨が降る。そのうちのいくつかは刹那の痛みを伴っていた。おそらく痕を残されているのだろう。立てた膝がブルブル震える。背後から腰を打ちつけられ、オリアは目の前の枕にしがみついた。

「あ、ぁ、また……っ」

一度達した女の身体は、簡単には鎮まってくれない。奥を穿たれ続けると、すぐさま悦楽が新たに芽吹く。彼の楔を締めつけ、オリアの肢体はみだりがましく精をねだっていた。

「やぁっ……も、やめっ……」

「嘘を吐くのは、許しませんよ。こんなに喜んで頬張っているくせに……」

過ぎる快楽が辛いのは本当だ。しかしオリアの肉体は、意思とは無関係にヴァールハイトを歓迎し屈服していた。彼がくれる喜悦に溺れ、逃れられない。いくら言葉で『これ以上は無理だ』と伝えようとしても、貪欲な蜜洞はヴァールハイトの剛直に絡みつき、健気に愛撫していた。

抜け出ていけば追い縋り、突かれれば柔らかく受け入れる。たった一度で作り替えられたオリアの身体は、すっかり従順に躾けられていた。

「ヴァールハイト……っ、ぁ、あ、あああっ……」

「もっと……」

求められたのは、名前を呼ぶことか、それとも彼の餌である快楽を提供することか。

もはや考える余裕はなかった。枕とシーツに爪を立て、獣じみた交わりに翻弄される。泣き喘ぎ、涙や汗、それに唾液で顔はぐちゃぐちゃになっていた。こんな酷い有り様、誰にも見せられない。

それなのに残酷にも腕を後方に引かれ、ヴァールハイトに後ろを向くことを強制される。オリアが不自由な体勢で首を捩じれば、彼から荒々しい口づけを受けた。

あまりにも乱暴で、食らわれている気分になる。舌を絡ませた息苦しいキスで酸欠になりそう。上と下双方から淫靡な水音が奏でられ、オリアの意識が白んでいった。

「オリア……」

「ん、んん……ッ」

限界が近い。オリアが達したのが先か、意識が弾けたのが先か。

もう何も分からなくなって、暗闇の中に転がり落ちていった。

4　乙女の願いは平凡な日々

オリアと彼の関係は、あの一件以来すっかり様変わりした。もう仮初の兄妹ではない。

ただし、覚悟していたような心の伴わないものとは少し違った。

「オリア、毛繕いをしなさい」

入浴を終えたオリアがベッドに腰かけ髪を拭いていると、ブラシを咥えたノワールが、さも当然とばかりに命令してきた。夜の毛繕いが習慣になったのは、ミゲルの店に行った翌日からだ。

「うん。ここに寝そべって」

オリアが頷きベッドを指し示せば、彼は軽やかな跳躍《ちょうやく》で飛び乗ってきた。

以前は極力触れさせようとしなかったくせに、最近の彼は真逆だ。事あるごとにオリアに接触を求めてくる。何でもちょっとした交流であっても腹の足しになるそうだ。この毎晩の触れ合いも、その一環だった。

近頃のノワールは年中無休で飢えているらしい。彼曰く『餓死寸前』とのことなので、穏やかではない。まるで成長期の男子のようだとオリアはこっそり思っている。

「……でも、以前はよそで食事をしなくても平気だったんでしょう？　あの日が例外だっただけで……なのに何故、急にそんなにお腹が空くの？」

「私にも分かりません。ただ毎日摂取しないと、腹と背中がくっつきそうなほど飢えてしまいます。今日だって昼間眩暈を起こしかけ、うんざりしたほどです。だから貴女は早く私に奉仕し、毛を梳かしなさい」

「はぁい」

別にノワールの毛繕いを手伝うのは嫌ではないし、むしろ嬉しいのでオリアに断る理由はなかった。目の前に横たわった狼にいそいそとブラシを下ろす。

「少しは手つきがよくなりましたね」

「それはどうもありがとう」

一線を越えてしまったことで、オリアはてっきり歪な関係になるのかと危惧していたが、今のふたりの関係は良好だった。ひょっとしたら前よりも甘いほどだ。少なくとも昔なら、『対価』としての毛繕いしか求められたことはない。まさに必要だからしていることで、今のように柔らかな空気とはいささか異なっていた。

それが連日、彼の方から『おねだり』してくるのである。オリアにとっては大歓迎だ。

勿論、問題の本質から目を逸らしている自覚はある。何も解決していないし、未だ茨の道の真っ只中なのは間違いない。

それでも人は、逞しい。

何だかんだありつつも、小さな喜びを見つけ、日々に順応してしまう。オリアにとって今のノワールとの関係は不安定であっても、さほど悪いものではなかった。いや、幸せと呼んでも差し支えのないところが、逆に厄介なのかもしれない。

共に暮らして、片時も離れることなく、ふたりきりで完結した世界。想像に反して甘すぎる毎日は、少しずつ身体を蝕《むしば》む毒に似ていた。

「ああ……耳の後ろをもっと念入りにやってください」

「ノワール……お爺《じい》ちゃんみたい……」

「戯言は慎み、黙ってその手を動かしなさい」

尊大な口をきき、彼はオリアの膝にノシッと頭をのせてきた。つれない態度を取っていても気持ちがいいのだろう。口元が綻んで舌をしまい忘れていることに気がついていないらしい。野性味など、どこにもない。

——あれ、待って。これって膝枕じゃない？　相手は狼だけど、うん、間違いないわ。それに可愛い。ノワールにこんなこと言ったらめちゃくちゃ怒るだろうなぁ……ああでもモフモフ……堪らない……

　要望通り耳の後ろを梳いてやり、続いて頭から首にかけてもブラシを走らせた。ご機嫌な証に、ノワールの尻尾がウキウキと左右に振れている。それを見ているだけでオリアも楽しくなってきた。

　――毛繕いってすごい……！　ノワールは気持ちがいいし、私も満足する……だから彼のお腹も満たされるのかな？

　互いにいい気分になれるなら、こんな素晴らしいことはない。時間をかけ背中を全部梳かし、無言のまま体勢を変えた彼の横腹の毛もほぐしていった。

「気持ちいい？　ノワール」

「まだまだですね。力加減が安定しない。尾の付け根も忘れてはいけませんよ」

「うふふ、かしこまりました」

　大型の獣である彼の全身を梳かすのは、なかなかの重労働だ。しかし一日の終わりにいい気分転換にもなる。その上、思う存分ノワールを撫で繰り回せるのだ。オリアに何の不満があると言うのだろう。

　丁寧に梳くほどフカフカになる毛。艶やかな毛並みは、黒銀にも見える。そして無防備に自分へ身を任せてくれる彼の姿は、筆舌に尽くしがたいほど愛らしい。

「ああ、もう……可愛いなぁノワールは……」

「何ですって？」

しまった。つい声に出していたらしい。オリアは慌てて口を噤んだが、後の祭りだ。漏れてしまった言葉は、取り返せない。

「いや、あの、えーと……」

「誇り高い悪魔の私を、可愛いですって？　何たる侮辱……」

「悪い意味じゃないよ。その、心地よさそうに油断した姿が、守ってあげたくなるって言うか……」

「尚悪いです」

言い訳は、重ねるほどにドツボに嵌まる。もはや何を言っても逆効果だろう。胡乱な目でこちらを睨むノワールに『可愛いワンちゃん』の雰囲気は微塵もなかった。代わりに漂ってくるのは、雄の気配。目の前の獲物をどう調理してやろうかと企む、危険な獣のそれだった。

「ノ、ノワール」

「今夜は、まだまだ空腹が癒やせないようです。――――食べさせてください、オリア」

牙を剝き出しにした狼に迫られ、オリアは息を吞んだ。恐怖からではない。期待に下腹が疼いたからだ。

ギラギラと光る赤い双眸の中に映るのは、一人の女。仄かに染まった頰と潤んだ瞳は、嫌がっていないのが明白だった。何も知らなかった無垢な乙女は、今やこの悪魔の虜も同然。見つめられるだけで気持ちが昂り、体内に騒めきを感じてしまう。

　あの日から、何度も身体を重ねてきた。もう数えきれないほど、ヴァールハイトをこの身に受け入れてきた。

　起き上がった彼が、オリアの胸を鼻先で押す。ごく軽い力だったのに、気づけば仰向けに倒され、黒い狼に見下ろされていた。先ほどまでとは逆の、こちらがノワールを見上げる視界にクラクラする。

　大きな舌にベロリと顔を舐められ、逞しい前脚がオリアの顔の真横につかれた。

「でも、さ、さっきしたばかりだし……か、髪……まだ乾いてないから、シーツが濡れちゃう……」

「先刻は先刻。それに濡れ髪も悪くありません」

　彼がオリアの首筋に鼻を突っ込むと同時に、湿っていた髪はサラリと乾いていた。ノワールが魔力を使ったのだろう。

「あ……っ、私は願いを言っていないのに……！」

「シーツを濡らしたくないのでしょう？　この分の対価ももらわなければいけませんね」

　表情豊かな獣の悪辣な笑顔に、オリアの胸が高鳴る。痛いほど跳ねる鼓動の音が、彼に聞こえなければいいと思った。自分ばかりが冷静さを失っていて、悔しくてもどかしいのと、恥ずかしさで混乱する。

嬉しい。けれど虚しい。それが嘘偽りのない正直な気持ち。

一見良好に見えるこの関係も、結局のところは本物の『愛情』などではない。損得と契約で結ばれたものだ。しかし今更考えても仕方のないこと。選んだのは自分。

こうして触れ合っている間は辛うじて忘れられる現実を頭の隅に追いやり、オリアはいつものように全身から力を抜いた。

「――ああ、忘れるところでした。ちょっと待ってください」

今まさにオリアの顔を舐めようとしていたノワールが、不意に身体を起こして身を震わせる。すると光が彼に集まってゆき、眩しさに目を閉じたオリアが瞼を押し上げると、そこには秀麗な美貌の男が髪を掻き上げていた。

「つい焦って、獣のまま貴女を食らうところでした。危ない」

それはあまりにも背徳的だ。しかも彼は、狼の姿でいる方がより欲が強まるらしい。

性欲は勿論、食欲も。

そもそも爪や牙など捕食のための道具なのだから、興奮の果てにオリアを引き裂きかねないそうだ。

「他の獲物が相手なら、そこまで理性をなくすことなどありえないのにオリアの芳香は、私を容易に狂わせる」

自分の何かが、ただ悪魔の欲を刺激するだけ――だとしても、『オリアは特別』だと言われたようで嬉しかったのは秘密だ。つくづく恋に溺れる女は愚かでしかない。

幾度もキスを交わし、舌先で擽り合って、互いの唾液を嚥下《えんげ》した。

「……服を脱いでください」

羞恥を煽《あお》るためなのか、ヴァールハイトはいつもオリア自ら裸になるよう求めてくる。

最初は躊躇いの方が大きかったけれど、今では言われた通り自分の手で前ボタンを外すことにも慣れた。上から一つずつボタンを外す度、彼の視線に焼かれそうになることには、いつまでも馴染めないが。

「あ、あんまり見ないで……」

「お断りします」

ここにいるのは、見かけは普通の男女ふたり。けれどランプの光が壁に投影するのは、今まさに獣に獲物として食らわれようとしている一人の女だった。

偶然、影がそう見えただけ。分かっていても酷く不道徳でクラクラする。オリアは忙しく息を継いで、体内の燻ぶる熱を落ち着かせようとした。

「……んっ……」

身をくねらせ下着を下肢から抜き取り、生まれたままの姿で横たわる。剝き出しの肌に男の指先が触れ、とても擽ったかった。

「ふ、ぁ」

「どうします？　今夜はどんな体勢で食らわれたいですか？」

意地の悪い質問だ。恥ずかしくてそんなこと言えるわけがない。

オリアが押し黙ってヴァールハイトを睨むと、彼は喉奥で嗤った。

「希望はないのですね？　では私の好きなようにさせていただきます」

「きゃっ……」

言うなりヴァールハイトにひっくり返され、オリアはベッドの上でうつ伏せにされていた。瞬間、頬が真っ赤に染まる。腰を後ろに引かれ四つん這いにされるまでもなく、彼の意図は読めたからだ。

オリアは最初、この体勢が恥ずかしくて堪らなかった。

お尻をヴァールハイトに向けて差し出すなんて、正気の沙汰《さた》じゃない。だが大柄な彼がギラついた双眸で、欲情も露に背後から覆い被さってくると、すっぽり包み込まれる。その感触は、嫌いではなかった。

悪戯なヴァールハイトの舌が背骨に沿って線を描く。勿体ぶった動きで時折肌を擽られ、ゆっくりだけれど確実に下を目指されると――

「はぅっ……」

痺れが指先まで広がる。無防備に晒された秘所を、彼の舌が這った。ベロリと一度下から上に動かされるだけで、絶大な快楽に翻弄される。

オリアのベッドについた両腕がガクガク震え、束ねていない髪が落ちかかり、早くも汗ばんだ肌に張りついた。

「貴女はどこもかしこもいい匂いがしますね」

股座《またぐら》を覗き込んだ状態で言うのは、やめてほしい。尋常ではない羞恥に焼かれ、オリアは涙目で振り返った。

「何度も言っているけれど、嗅ぐのはやめて……！」

「悦んでいるくせに。ほら、一層甘く濃厚になりましたよ」

「ひぁッ……」

オリアの硬く狭かった蜜口は、今ではヴァールハイトから与えられる刺激でいとも容易く蕩けてしまう。今夜も淫らな愛蜜をこぼし、期待に打ち震えていた。いくら花弁に滲む滴を彼が丁寧に舐め取っても、ざらついた舌に淫芽を摩擦されれば、より潤滑液が溢れ出す。潤いは増すばかりで、赤みを帯びた秘裂は卑猥に濡れ光っていた。

「ああ、勿体ない。最近気づきましたが、貴女の蜜は私を本当に酔わせる。どんな高い酒も足下にも及びません」

「んッ、や、アッ」

ヴァールハイトの言う通り、近頃彼は酒の購入を求めなくなっていた。家でも飲んでいる様子はない。そんなものより、オリアの方が美味しいと宣うのだ。

「気のせい……でしょっ……ぁ、あっ」

「私も初めはそう思いました。ですが実際、この味に勝るものはありません。極上の酒と同じで嫌な酔い方もしないなら、わざわざ不味《まず》い安酒を飲む必要もない」

「私は……っ、飲み物じゃない……んんッ……」

肉洞に捩じ込まれた舌先がグニグニと蠢き、濡れ襞を擦り上げる。柔らかいのに質量のある不思議な感触がオリアの内側を嬲っていた。

「や、ぁあんっ」

身体を支えていられなくなり、上半身を突っ伏した。シーツから立ち昇る彼の香りに鼻腔が満たされる。いつも一緒に眠っているから、ヴァールハイトの匂いが染みついているのは当然だ。しかも最近は眠るだけでなく、もっと激しい運動をして汗をかいているのだから尚更だった。

「も……や、駄目っ……」

愛しい相手に内と外から染め上げられる錯覚で、オリアの感度が増す。すっかり慎ましさをなくした花芯を転がされ、腰がひくついた。

「あっ……ぁ、あ」

握り締めた拳が小刻みに震える。限界が近い。涙で滲む視界が捉えたのは、壁に映る影。

獣に襲われて淫らに喘ぐ自分の姿を幻視した。

——彼が大好き。

逞しいヴァールハイトの腕に背を押され、よりお尻を突き出す姿勢を促される。花弁に触れる硬いものの存在に、オリアの肌が粟立った。

期待が高まって眩暈がする。繋がる瞬間はいつも苦しいのに、圧迫感さえ待ち望んでいる自分がいた。

「……辛かったら、言ってください」

「大丈夫……ん、ん……」

それを彼も分かっているらしく、殊更気遣いゆっくり動いてくれる。オリアの中に入る時も、その後も。こちらの反応を見ながら、決して強引に腰を振ることはない。

飢えを満たすためなら、もっと自分本位になってもおかしくないのに、ヴァールハイトはいつだってオリアの反応を注意深く探ってくれた。

「は、ぁっ……」

奥深く埋められた屹立が、蜜襞を擦り上げる。オリアの肉洞全てを摩擦する大きさに、思わず濡れた声が漏れた。

「……痛いですか？」

「平気。……ヴァールハイト、美味しい？」

ゾワゾワする愉悦が繋がった場所から全身を駆け巡る。オリアの得ている快楽は、彼を満足させているだろうか。そのことが何よりも気になって、唇を戦慄かせた。

「……ええ……頭がおかしくなりそうなほどです」

「ふぁっ」

剛直の先端が、最奥を押し上げる。隙間なく埋められた蜜窟が、オリアの意思とは無関係に収縮した。腹の中に感じるヴァールハイトの形が生々しい。雄の力強さと禍々しさで理性が突き崩されてゆく。オリアは汗まみれの肢体をくねらせ、貪欲に喜悦を求めた。

「……ぁ、やぁ……動いて……っ」

大きすぎる質量が苦しくても、このまま放置されることも辛い。既に蕩けた蜜路は、更なる刺激を心待ちにしていた。身体はとっくに陥落している。悪魔がくれる壊れそうなほどの悦楽を知ったオリアには、優しすぎる交接だけでは、もう物足りなくなっていた。

「随分淫らに花開いたものですね」

「誰の……せいだとっ……」

「私のせいだと言いたいのですか？　オリアがもともといやらしい性質を持っていただけでしょう」

彼の腕に腰を抱えられ、背後から貫かれる。ゆっくりでも、重い一突きに視界が揺れた。ヴァールハイトの速い呼吸がオリアの背中に降りかかる。火傷しそうなほどの熱い呼気か

らも愉悦を拾い、オリアは瞬く間に絶頂への階段を駆けあがった。

「ぁあぁっ……」

ぐちゅぐちゅと蜜液が攪拌《かくはん》され、泡立ちながら太腿を伝い落ちる。彼が動く度に、肌がぶつかる音が奏でられた。掻痒感と快楽が一気に押し寄せる。混乱したオリアの身体は雄の楔をぎゅうぎゅうに締めつけた。

「……っく……いつの間にこんな手管を覚えたのですか？」

「あ、アっ……全部、貴方が……っ」

何もかも彼がオリアに教えたことだ。口づけも、悦楽も、愛する気持ちも。他の誰でもない。今のオリアを形作っているものは、ほとんどがこの淫らな悪魔がくれたものに間違いなかった。

「やぁあっ……イっちゃ……！」

「本当にいやらしくなりましたね。でも私にだけ見せる姿なら、大歓迎です」

——それって……

独占欲かと勘違いしそうになる。他の男には見せるなと言われた気分だ。

オリアの勘違いでいい。むしろ幸せな夢を見ていたいから、その言葉の本意を問おうとは思わなかった。

このまま勝手な解釈をして感激に浸っていたい。気分を盛り上げるための戯言だとしても、悪魔特有の価値観から発せられた台詞だとしても、オリアが嬉しいと感じる意味で受け止めておきたい。そうすれば、まだ一緒にいられるから。

「あ……あああっ」

五感の全てが飽和する。

背をしならせ、オリアは白い世界に投げ出された。子宮を濡らす熱液の勢いに、高みから下りてこられない。激しく全身を痙攣させ、ベッドの上にくずおれた。

「……ぁ、ぁ……」

長い吐精に身体の中から塗り潰される。束の間の幸せを甘受した。

歪でも紛い物でもいい。この幸福を手放したくない。愚かな女で構わない――そんな想いと虚しさの中、オリアはこぼれた涙をシーツに吸わせた。

納期通り、仕立屋に繕い物を納めた帰り道。

オリアはいつものようにノワールと町中を歩いていた。

「暑い……」

今日もギラギラと太陽の光が降り注いでいる。帽子を被っていても眩しい。立っている自分でさえ辛いのだから、より地面に近い彼は尚更焦げつくように暑いだろう。オリアはノワールが心配になり、ちらりと足下に視線をやった。

「……グルル……」

何ですかと言いたげにこちらへ流された眼差しは、ちっとも辛そうではなくむしろ涼しげだった。自前の毛皮を纏っているくせに、その余裕は何なのだ。

つい一瞬前まで心配していたのに、オリアは急に面白くなくなる。おそらく彼が声に出さないまま『不細工ですよ』と口を動かしたことが原因の一つだ。酷い。悪魔と苦しみを分かち合おうとしたのが間違いだった。

「……だってこんなにいい天気なんだもの。汗くらいかいたって仕方ないじゃない」

鼻の頭は赤くなっているかもしれないし、顔は皮脂でドロドロ。オリアだって今の自分が綺麗でないことくらい知っている。それでも乙女心をわざと粉砕してくるノワールは、真実悪魔だと思った。

「……今日は野菜だけの夕飯にしてやる……」

「ワウッ」

彼が『何ですってっ』と焦った気配を汲み取り、オリアは溜飲を下げた。精々悔やむがいい。もう今夜の献立は野菜尽くしに決めた。肉も魚もお預けである。

オリアがノワールと静かな喧嘩を繰り広げつつ、黒い笑みを浮かべた時――

「――おや、オリア。久しぶりですね」

「神父様」

呼び止められ振り返れば、清潔感のある祭服を纏ったエルデフ神父が立っていた。彼と教会以外の場で会うのは珍しい。オリアが視線で問いかけると、神父は穏やかに微笑んだ。

「孤児院を視察した帰りなのです。月に一度様子を見に行くのですが、子供たちの元気さには圧倒されてしまいますね」

「それは、お疲れ様です。この暑い中、大変ですね」

割と薄着になれる一般庶民のオリアと違い、聖職者の格好はきちんとしている分、何だかとても暑そうだ。エルデフ神父も立て襟の黒一色に身を包んでいる。ひんやりとした教会の中でならあまり気にならなかったが、炎天下で会うと気の毒に感じられた。

「あ……良かったらこれをどうぞ。口はつけておりませんので」

オリアは先刻、水分補給代わりに買った果物を彼に差し出した。自分の分はまた後で買えばいい。

「いいえ。その気持ちだけで充分です。オリアは優しい娘ですね。ですが最近、めっきり教会に来ませんから、体調を崩しているのかと心配していました」

「あ……」

にこやかに首を左右に振ったエルデフに言われ、オリアは気まずさから視線をさまよわせた。

確かに、前回教会に足を向けたのは数か月前だ。それまで最低でも月に一回は通っていたのに、ぱったり途絶えていた。理由は勿論、仕事が忙しかったからというのがある。繕い物を引き受ける量を増やして以来、一向に仕事が途切れないのだ。収入は上がったしありがたいけれど、休みが取りにくくなったのも事実だった。

そして、原因はそれだけではない。

たまの休みも、出かける時間がなかなか作れないのだ。

ヴァールハイトとの自堕落な戯れ。暇さえあれば抱き合い、淫らな遊戯に耽っている。一日中ほとんどベッドから出ない日も珍しくなかった。

寝て、起きて。仕事の時以外は大抵身体のどこかが触れ合っている。オリアの日常は日を追うごとにすっかり爛れたものになっていた。

――それに……神様に祈る意味を、見出せなくなってしまった……

とてもではないが、こんなことを神父には打ち明けられない。曖昧に濁すことしかできず、オリアは深く頭を下げた。

「……申し訳ありません……その、色々立て込んでいて……」

「ああ、叱責しているわけではありませんよ。貴女が多忙なのは、聞き及んでいます。とても頑張って働いているそうですね。偉いですよ、オリア。ですが健康に働けるのも、全ては神の思し召し……感謝の心を忘れてはいけません」

「はい……」
穏やかに諭され、オリアは反省した。
エルデフの言う通り、このところの自分は確かに羽目を外しすぎている。現実逃避している
と言っていい。向き合わなければいけない問題から目を背け、目先の快楽に溺れてい
るのだから、決して褒められた状態ではなかった。これでは叱られても仕方ないだろう。
「分かってくれたのなら、構いません。また定期的に通えるようになさい。いいですね？
貴女に是非紹介したい方もいるのですよ。とても素晴らしい方なので、きっとオリアのた
めになります」
「はい、神父様。次の休みには、必ず教会に伺います」
素直に告げれば、彼は鷹揚に頷きオリアの肩に手を置いた。
「お待ちしています。ではまた、教会でお会いしましょう」
軽く肩を摩る掌の重みが心地いい。上品な仕草で祭服の裾を捌《さば》いたエルデフは、優雅に
会釈し立ち去った。その後ろ姿を見送って、オリアは大きく息を吐く。
「……神父様のおっしゃる通りだわ。このところの私、駄目だったよね……」
最近は針仕事をしている時以外は、ずっと淫猥な行為に溺れていた。それどころか家事
の手を抜いて一日のほとんどをノワールやヴァールハイトと過ごすために当てていたのだ。
何なら睡眠時間なども削り、どっぷり頭まで浸かって、愛しい男のことばかり考えていた。

とてもまともな人間の生活ではない。

このままでは自分自身が枯渇《こかつ》する。彼に食い尽くされ、オリアは空っぽになってしまうだろう。いずれは悪魔の口に合う味でなくなってしまうかもしれない。

そうなったら、一緒にはいられない。

——たとえ愛されることがなくても……ううん。愛されないからこそ、細くても長く傍にいたい。

不透明な未来でも共にいるためには、流されてばかりではいけないのではないか。

「……うん。ちょっと自分を見つめ直そう」

独り言ち《ご》、オリアは頬を両手で軽く叩いた。そんな自分をじっと見上げてくる瞳に気がつくと、ノワールにスカートの裾を咥えられ、しゃがむよう促される。

「ちょ、引っ張ったら破れる……！　もう、何？」

ぐいぐい引っ張る力に負け彼の前にしゃがみ込むと、ノワールは不機嫌そのものの渋面を寄せてきた。

「……あの男は何ですか」

「何って、教会の神父様だよ？　去年からいらしてるけどノワールは知らなかった？」

悪魔が教会に入ることはないので、顔を合わせたことがなくても不思議はない。小声で問われ、オリアもつい声を潜めた。

「そっか……ノワールに面識があるはずないよね。とても良い方よ。穏やかなのに貫禄があって、町の人たちから慕われているわ」

「……嫌な臭いがしました」

「それは……貴方が悪魔だからそう思うんじゃない？」

彼は十字架なども嫌悪する。当然祈りの言葉も同様だ。聖職者であるエルデフを忌避しても、当たり前のことだと感じられた。

「言わば天敵だものねぇ……神父様に祓われなくて、良かったね」

嫌味たっぷりに口にしたオリアは、いつものようにノワールから数倍になって返ってくるであろう口撃に備えた。しかし、彼は何も言おうとしない。

「……ノワール？　どうしたの？」

「……いいえ、何でもありません」

そう言いつつ、彼の瞳はエルデフが歩き去った方向をじっと見つめている。赤い瞳には読めない感情が揺らいでいた。

「何でもないって感じじゃないけど……」

「――――帰りましょう。暑い。これ以上外をうろうろしていたら、貴女が余計に不細工になってしまう」

「なっ……失礼な！　今の暴言は謝罪を要求するわっ」

さっさと前を歩き出したノワールは高々と尾を掲げていた。いつものように優雅に揺らすことも、苛立ちに任せて振ることもない。

――変なの……まるで何かを威嚇《いかく》しているみたい……

しかし彼は悪魔。普通の狼とは違うのである。一概に野生動物の生態に当て嵌めて考えることもできないだろう。

早足で行ってしまうノワールを追いかけるのに必死で、オリアは抱いた微かな疑問を頭の片隅へ追いやった。更にこの後ひと悶着が勃発し、完全に忘れ去ったのである。

問題が起きたのは、帰宅してから。

作業部屋にてオリアが新たに引き受けた仕事を整理していると、いつの間に人型になったのか、ヴァールハイトが仏頂面で後ろに立っていた。

「……びっくりした……黙って真後ろに立たないでよ……心臓に悪い……しかもどうしたの？　いつもなら夕飯まで狼のままゴロゴロしているのに」

「私を怠け者のクズ男のように言わないでいただけますか。この季節、あの格好は暑いのです」

――何だ。やっぱり暑かったのね。これまでは痩せ我慢していたの？　……ちょっと可愛い……

つい笑いそうになり、オリアは慌てて頬を引き締めた。

「そう。水浴びでもしてきたら？　少しはマシになるかもしれないよ」

「オリアも汗だくでしょう。いつもより匂いが強い」

「な、何ですって？　嗅がないでよ！　あとそういうことは、思っていても言わないでっ」

真っ赤になって抗議すれば、彼がにんまりと口角を引き上げた。

「丁度いい解決方法があります。今から一緒に水浴びをしましょう」

「はい……っ？」

こんなお誘いを受けたことは、これまで一度たりともない。しかしオリアが啞然としている間にヴァールハイトに腕を引かれ、家の裏手にある井戸に連れて行かれた。

「え？　あの？　え？」

「地下水は冷たくて心地いいですね……」

手際よく水を汲み上げた彼がニコリと微笑む。誰もが認める美男子の笑顔に、つい見惚れてしまったのは、オリアの失態だった。

「きゃっ……ぷわっ」

なみなみと水の入った桶《おけ》を頭上で逆さにされ、オリアの全身に冷たい水が降り注いだ。

突然の事態に、理解が追いつかない。前髪から滴る水滴を呆然と眺めていた。

「濡れ髪も、やはり悪くない」

そう言ったヴァールハイトはもう一度水を汲み上げ、自らも頭から被った。これでふたりとも見事な濡れ鼠《ねずみ》である。ビショビショの状態でオリアは何度も瞬いた。

「ど、どういうことなの」

「冷たくて気持ちいいでしょう？」

「ええ……？」

涼しくはなったが、濡れた服が肌に張りついて気持ち悪い。下着までぐしょ濡れだ。勿論靴も水が浸み込んで、動く度にぐしゃぐしゃと不快で堪らなかった。

「だったら、他にもやりようがあるじゃない……いきなり水をかけるなんて酷い……」

「気に入りませんでした？　これでもオリアを労わったつもりなのですが」

「むしろ軽く拷問を受けた気分よ？」

怒るつもりはないけれど、オリアは嘆息して服や髪の水滴を絞った。やはり悪魔の行動原理は理解不能だ。一般的な人間なら、いきなり頭から水をかけられ喜ぶはずもない。

「拷問？　面白いことを言いますね。……ああでも、あながち間違いではありません」

「え？」

眩しい日差しが、瞬間陰った気がした。晴れ渡っていた青空に、灰色の雲がモクモクと湧き上がる。太陽が遮られると、途端に森の中は薄暗くなった。

「やだ、洗濯物しまわなくちゃ……！」

雨でも降ってきそうな湿った空気が漂い出し、オリアは物干し台に向かおうとした。しかし今の自分は上から下までビショビショである。この状態で取り込んでも、せっかく乾いたものを濡らすだけだ。

「もうっ、ヴァールハイトのせいで……」

「ご心配なく、雨は降りませんよ。そこまで気持ちを乱されているわけではありません」

「え、何か言った？」

走り出そうとしていたところを止められ、オリアは首を傾げた。

「そんなことよりも、オリア。今日の下着の色はいささか派手ではありませんか？　こういう事態に陥る場合を想定し、いつもの白に統一すべきだと思います」

「下着……？　あっ」

疑問符だらけで自らの身体を見下ろしたオリアは、そのまま凍りついた。

普段の自分なら、着心地や機能性を重視した、ごく一般的な下着しか身に着けない。それこそ色は白のみだ。

しかし今日は事情があり、真っ赤で布地の少ない扇情的なものを着ていたのだ。その問題の代物が、服が濡れたことにより思い切り透けてしまっていた。しかもよりにもよって、本日の服は淡い水色。涼しさを優先した結果、布地が薄かった。

「こ、これはリタに無理やり押しつけられたの！　この前彼女が来たでしょう？　その時、強引に置いていったものなのよ。深い意味なんて別になくて、せっかくいただいたなら使わないと悪いと思ったから……！」

男はこれでイチコロよ、なんて格好よく決め顔で親指を立てた友人の姿を思い出し、オリアは頭を抱えたくなった。彼女の言葉を信じたわけではない。今日これを身に着けたのは、本当に明確な理由なんてなかった。しいて言えば、『涼しそう』と感じてしまったのが間違いの始まりである。

「ヴァ、ヴァールハイトだって知っているでしょう？　私がいつも地味でダサい下着しか持っていないこと……！」

自分で言っていて悲しくなるけれど、紛れもない事実である。オリアの所有する下着はどれも、自ら作成した色気もへったくれもないものばかりだった。唯一の美点は『丈夫である』ことだけ。

「だから、たまにはこんなのも悪くないかなって……ああ、私何言っているのっ？」

これでは好きで選んで穿いたみたいではないか。あくまでも成り行きであることを伝えたくて、オリアは余計慌てふためいた。

「だいたい雨なんて降りそうもないこんな日に、ずぶ濡れになる想定なんてするわけないわ。と、とにかく着替えてくる！」

リタの他に訪ねてくる者は滅多にいないので、ヴァールハイト以外にオリアの恥ずかしい格好を見られる心配はまずない。が、誰より見られたくない相手が彼だ。

もっととんでもない姿を何度も見られているけれど、乙女心は複雑なのである。どちらにしても真昼の炎天下で下着が透けているのはいただけない。

オリアは家の中に戻ろうとしたが、それより一瞬早く手首を掴まれていた。

「えっ」

「焦る必要はありません。どうせもうずぶ濡れです」

「そうだけど……いや、問題はそこじゃなくて……」

捕われた手を取り戻そうとしても、びくともしない。オリアの力では、とてもヴァールハイトには敵わなかった。

「あの……放して？」

「嫌です」

唇で弧を描いた彼が、赤い舌でオリアの指先を舐めた。生温かい口内に招き入れられ、水に濡れて冷えていた身体が一気に熱を帯びる。

人差し指から順番にぬるつく舌に愛撫されてゆく様から、オリアは目が離せなかった。

「ゃ……、何、を……」

「急に貴女を罰したくなりました。ですから先ほどオリアが『拷問』と称したのも、あながち間違いではありません」

「はい？」

意味が分からない。罰とは悪いことをしたら、受けるものだ。身に覚えのないオリアは、大きな瞳をぱちくりと瞬いた。

「ええと……私、ヴァールハイトを怒らせるようなことをした……？　むしろこっちの方がムッとさせられた覚えはあるけど……」

「分かりませんか？」

彼の口元には相変わらず微笑が浮かんでいる。しかし、目が欠片も笑っていない。これは本気だ。

オリアは動揺しながら、今日一日を振り返った。

――ええ？　朝起きた時は普通だったよね？　先に起きたヴァールハイトが朝食の準備をしてくれていたけど、不機嫌そうではなかったし……うん。町に行く道中も変わりなかった。まぁ小さい言い争いはあっても、それはいつものことだし。仕立屋さんや市場でも『ワンちゃん』呼ばわりはされてなかったから、気分を害したとも思えない……

だとすると、考えられるのはエルデフ神父と出会ったことだろうか。それくらいしか思いつかないが、ならば確実にオリアのせいではない。

「神父様とお喋りしたから怒っているの？　でも偶然お会いしただけだし、これまでも教会に通っていたのに？」

「――触らせましたね」

「触らせたとしても――――え？　触らせた？」

オリアは高速で記憶を掘り返し、神父が肩に触れたことを思い出した。

「あれはただの激励でしょう？　日常のやりとりじゃない。え？　本当にそんなことで苛々しているの？」

「……つまり、これまでも似たようなことがあったという意味ですね」

何故かいきなり、周囲の温度が低くなった。それまで濡れたままでも寒さは感じなかったのに、オリアは急に寒気を覚え、自分の両腕を摩り空を見上げる。

「何か天気が悪くなってきた……？　やっぱり洗濯物……」

「――――自覚がないのが一番厄介ですね。随分信頼しているようですが、あれも男に変わりはありませんよ。むしろ善人の仮面を被り慣れている輩ほど、質《たち》が悪い」

ヴァールハイトは張り付けていた偽りの笑顔を引っこめ、完全に無表情になった。怖い。

「な、何だか目が据わってるよ……いったい何が言いたいの？」

美形の真顔は破壊力がある。整っている分、妙に威圧感が半端ないのだ。

「……オリアの全ては、私の餌になったのでは？」

彼の前髪から落ちる水滴が、際立った容姿を一層彩る。酩酊するほどの色香を撒き散らしたヴァールハイトは、オリアの頬に触れた。

「勝手に別の雄に触らせるのは、約束違反でしょう」

「待って。突っ込みどころが沢山あって、どこから攻めるべきか分からないわ……」

オリアは頭痛を感じ、額を押さえた。そもそも大前提として、自分はヴァールハイト専属の餌になった覚えはない。食事を提供するけれど、意味あいがだいぶ違う。その上で別の雄云々はもっと意味不明だった。彼にとってはオリアの快楽さえ摂取できればいいはずだ。言ってみれば、都合のいい弁当。

悪魔に人間的な恋愛感情を求めるのは馬鹿げている。

けれど――――まるで嫉妬してくれているかのようだと勘違いしかけるには充分だった。

――ちょっと嬉しい……でも。

「……神父様を貶めることを言わないで」

あの方は神に仕える清廉な人だ。オリアとは違う。打算塗れの信仰心しかなく、恋心に惑わされ、堕落も厭わない自分とは違い、清く正しい道を歩む方だ。それを悪く言うヴァールハイトの姿は見たくなかった。

相反する存在であっても、両方とも大切なもの。だからこそよく知ろうともしないまま一方的に罵ってほしくない。

いつも彼が口にする、オリアへの皮肉や意地悪には悪意以外の親密さが根底に潜んでいる気がするので、傷つかないし気にならない。だがこれは違う。

「……あの男を庇うのですか？」

「そうじゃなくて……！」

どう言えば、伝わるのだろう。思いが上手く表現できず、空回りする。オリアがもどかしく俯くと、強引に肩を抱かれた。

「きゃっ……」

「ここでしたね。――せっかく水で洗い流したのに、まだ嫌な臭いが残っている」

オリアの鎖骨付近に鼻を埋めながら、彼は大きく息を吸った。抱きしめられているのと同じ距離にオリアの胸が激しく高鳴る。口から飛び出してくるのではないかと危惧するほど、心臓が体内で暴れ狂っていた。

「ヴァ、ヴァールハイト……」

「気に入らないな……私のものに許可なく手出しするなんて……」

――私のものって言った……

こんな一言で冷静さをなくす自分は、本当にどうかしている。堪えようとしても歓喜が抑え切れない。哀れで矮小な、ただの恋する人間だから。愛する相手の言動一つに一喜一憂してしまうのだ。

「私は……貴方のものなの……？」

「皮膚ごと引っぺがしてしまいたい衝動に駆られます」

「ひぇっ？」

甘い感慨に浸りかけていたオリアは、恐ろしい彼の言葉で現実に引き戻された。

「や、嫌っ、死んじゃうよっ！」

「冗談です。――半分」

「半分っ？」

まるで冗談に聞こえない。ヴァールハイトの瞳は、至極本気だ。ゾッとして彼から離れようとすると、更なる力で抱き寄せられた。

「逃がしません」

――それは今だけ？　それとももっと別の意味……？

いくら諦めた振りをしても、ふとした瞬間に期待している自分が情けない。捨て切れず肥大するばかりの恋情が邪魔をして、オリアはいつも判断力を狂わせている。今も同じ。逃れるべき腕の檻から、一歩も動けなくなってしまった。

「せめて齧ってしまいましょう」

「……ぁっ」

素早くボタンを外した彼の手に肩口をはだけさせられ、オリアの肌にヴァールハイトの歯が立てられた。皮膚に食い込む硬い歯の感触。痛みと、もう一つ別の感覚がせり上がる。

思い返してみれば、ノワールに甘噛みされたことは幾度かあるが、ヴァールハイトにされたのは初めてだった。

内出血を刻むキスとは違う。もっと攻撃的で支配欲の塊めいた行為。それでも、オリアは嫌ではなかった。

「ん、んっ……」

「……可哀想に……こんなに赤くなってしまいました」

「誰のせいだと……」

しっかりついた己の歯型を検分し、彼は上機嫌でオリアの肌を撫で回した。うっとりとした視線は、さながら宝物を愛でるようだ。慈しむ手つきに辿られ、オリアは体内に生まれる愉悦をごまかした。

「私のせいだと言いたいのですか？　――ならば、責任を取って差し上げましょう」

「え、ひゃぅっ」

今度は一転、優しくかつ官能的に歯型の痕を舐められた。たっぷり唾液を纏ったヴァールハイトの舌が、艶めかしくオリアの肩から鎖骨にかけて滑ってゆく。身体や服を濡らす水が温もり、抱き合うふたりの境目を曖昧にした。

「あ……」

「……これでやっと、気持ちの悪い臭いが消えました」

オリアの首筋に唇を押しつけ、囁いた彼の声はほとんど吐息のみだった。しかし、上下する喉仏や音の振動、密着する筋肉の動きが生々しく感じ取れる。それだけでオリアの体温は際限なく上がっていった。

熱くて、のぼせそう。

曇っていた空は、再び眩しい太陽だけを抱いている。容赦のない日差しに炙《あぶ》られているせいなのか、クラリと眩暈を覚えた。

「……ヴァールハイト、家に入ろう……？」

既に馴染みつつある誘惑の気配を察し、オリアは熟れた頬を俯かせた。

自分からこんな提案をするなんて、積極的に誘っているみたいで恥ずかしい。だが身体は素直に彼を欲していた。

今すぐ抱き合いたい。貫かれたい。獣じみた欲望で、おかしくなりそう。潤んだ眼差しをそっと上げる。ヴァールハイトは嫣然と微笑んでくれた。

「――駄目ですよ。罰を与えると言ったでしょう。覚悟してください」

「……？　ゃ、あっ」

細身でありながらがっしりした腕に抱え上げられ、運ばれた先は大木の下。家の玄関からはむしろ遠ざかった。

オリアが驚き瞠目すると、余裕のない口づけが落ちてくる。ほんの少し、歯がぶつかった。いつも手慣れた風情を醸し出している彼が、こんな失敗をするのは珍しい。その原因がもしオリアにあるのだとしたら、何故か誇らしい心地がした。

自分よりずっと長く生き、何でも知っている男が、小娘一人に溺れている。――――そんな夢を見ていられるから。

「あ……、ゃんっ……こんなところで……！」

己の髪を掻き上げたヴァールハイトが、オリアの胸元のボタンを残らず外し、赤い下着越しに乳房を鷲摑《わしづか》みにしてくる。

飛び散る滴は井戸の水か汗なのか。どちらにしてもずぶ濡れの服を脱がせるのは難しい。オリアの足に張りつくスカートをたくし上げ、改めて扇情的な下着と対峙した彼は、数瞬言葉を失った。

「――――……派手で卑猥ですね」

「見ちゃ……駄目……っ」

今やオリアの全身が茹だっている。下着の色に負けないくらい、身体中が真っ赤に染まっているだろう。

「しかし私のために身に着けたのだと思えば、許せます」

「……え」

言葉の真意を問う前に、オリアは木に押しつけられ膝を割られた。布面積の小さい下着だけでは心許ない。その上、中途半端に脱がされて濡れたままの服が手足を戒め、ろくに身動きができなかった。

「ヴァールハイト、ここ屋外……！」

「どうせ誰も来ませんよ。……万が一客があっても、入れません」

「何、それ……っ、あっ」

下から股間に押しつけられる彼の膝から逃れようと足掻き、オリアは爪先立ちになった。けれど、無駄な抵抗だ。身長はヴァールハイトの方が高いし、当然脚の長さも段違い。背伸び程度で勝てる相手ではないのである。

「や……っ！」

限界いっぱいまで伸びあがっても、彼が下から突き上げてくる膝から逃れる術はなかった。脚の付け根をグリグリと刺激される。もどかしい動きに、渇望が煽られた。

「ふ、ぅっ……やめて……！」

「嘘は駄目です。こんなに濡らしているくせに……」

「え……っ？」

外でなど嫌だと思う気持ちは本当なのに、オリアの身体は心と無関係に綻び始めていた。下腹が疼き、四肢が痺れる。何よりも艶の混じった吐息が、拒否の言葉を嘘臭くしていた。

「わ、私本当に……！　あの、家の中に入ろう？　それなら――」

「分かっていませんね。何度言ったら理解できますか？　これはあんな男に触られた貴女への、『お仕置き』ですよ」

「お仕置き……っ？」

　驚いた直後、一際強くヴァールハイトの膝が押し上げられた。もはやオリアの爪先立ちは限界。プルプルと脛《すね》や足首が震えている。ついに体勢を崩すと、半ば彼の太腿に跨がる形になっていた。

「あ、ぁっ」

「これくらいで随分気持ちよさそうですね。いつもより反応がいい。もしやオリアは誰かに見られるかもしれない状況の方が感じるのでしょうか」

「ち、違っ……」

　ヴァールハイトのとんでもない発言に慌てて首を左右に振る。人を露出狂のように言わないでほしい。どうしようもなく感じてしまったのは事実だが、その点は強く否定したかった。

　――あれ？　でも今……『気持ちよさそう』って言った……？　私の感情を食べれば一目瞭然なのに、何だか変な言い回し……

　真実気持ちはいい。きっと彼に満足してもらえる味のはずだ。空腹を満たすなら、丁度いいのではないか。

　しかしオリアの抱いた疑問は、それ以上追及されることはなかった。

「……ああっ」

地面に足がつき、安心したのも束の間。胸の下着をずらされて、剝き出しにされた乳房を揉みしだかれた。白い肌に木の影が落ち、陰影の模様を描く。緑の香りが立ち上り、クラクラした。

「ふふ、早く食べてくれと言わんばかりに熟した色をしています」

「んっ」

胸の頂を突かれ、背を戦慄かせてしまう。耳に届くのは葉擦れの音。鳥や動物たちの声。足下にあるのは草と土を踏みしめる感覚。ここが屋外なのだと、全てが物語っていた。

「ヴァールハイト、駄目っ……誰か来たら……！」

「来ません」

「でもあの、動物が見ているかも！」

「……だから何です？」

苦しい説得だと自分でも分かっていた。仮に動物に目撃されたからと言って、彼の言う通り『だから何だ』だ。自然と共に生きる彼らに、人間如きの営みなど露ほどの興味もないだろう。

だがオリアは恥ずかしい。可愛い小鳥やリスたちに見られたら居た堪れない。いくら相手がまるで気にしなくても、辛すぎる。ましてせっかく懐いてくれたチッチに目撃されたら――

「家の中でなら、構わないから……！　お願い」

「涙目になるほど嫌ですか？」

いっそ『命令』を発動してしまおうか。あまり効果はないけれど、『お願い』よりは聞き入れてもらえる可能性が高い。オリアが何度も頷くと、ヴァールハイトは極上の笑みを浮かべた。

「それでは尚更このまま続行します」

「何でよ！」

「悪魔の喜びには、『人の嫌がることをする』というものがあります。本能には抗えません。ですからオリア、もっと嫌がってください。その方がより一層私は興奮します」

「変……態……」

愕然とし、開いた口は乱暴なキスで塞がれた。オリアの身体は押さえつけられ、大木と彼の間で潰される。曝け出された胸の頂がヴァールハイトの服で擦れ、得も言われぬ快楽を生んだ。

「……んっ……！」

「ほぅ、なるほど。これは横で紐を結んで留めているのですね。ははっ、人間の考えることは面白い。性的に煽り、脱がせるための仕様としか思えません」

「やぁ……っ、解かないで……！」

下肢を辛うじて守ってくれている下着は、小さな逆三角形の布が前後にあり、紐を腰で結ぶという常軌を逸した形状だった。最近の流行に疎いオリアでも、これが相当攻めている代物であることは分かる。都会ではこういうものが流行っているのか。だとしたらその波がこのグレイブールまでやって来るには、あと数年かかるだろう。

——先取りしすぎよ……！　リタ……！

今更、深く考えもせず穿いてしまった自分を責めたが、もう遅い。どう考えてもこの下着は、他者に『見られること』『脱がされること』を想定している。

「かなり興味深い。人間の、こういう色事に並々ならぬ情熱を注ぐところは嫌いじゃありませんよ。愚かで同情すらしてしまいます」

完全に馬鹿にされている。だが意図せずヴァールハイトの目を楽しませられたらしい。彼の声は弾んでいたし、手つきもご機嫌なものに変わっていた。どうやらエルデフ神父に関する苛立ちは治まってくれたようだ。

「ん……や、あ」

左右の紐が解かれ、下着の形を成さなくなった布がオリアの足下にはらりと落ちる。自然の緑の中にあって、毒々しいまでの鮮烈な赤。これでもう、オリアの恥ずかしい場所を隠してくれるものは何もなくなった。

「……いやらしい」

耳朶に唇が触れたまま囁かれた声で、腰が抜けかけた。艶のある美声がオリアの理性を突き崩す。今ならまだ『命令』すれば何とかなるかもしれない。ヴァールハイトも気が変わり、渋々でも引いてくれる余地が残っているのではないか。

淡い期待で見上げた先には、嗜虐的な色を湛えた赤い瞳が細められていた。

「脚を開きなさい、オリア」

「……ぅ、あ……」

逆らえない。どちらが主なのか甚だ疑問だ。

息を乱したオリアは、操られるようにしてほんの少しだけ脚を左右に滑らせた。

「もっとです。ほら、気持ちよくして差し上げますから……」

「……ッ」

自らの指を舐める姿を見せつけてくる彼は、オリアの視線を釘付けにしていることを承知しているのだろう。

瞬きもできず、囚われる。干上がる喉を喘がせれば、ヴァールハイトの手がオリアの脚の付け根へ下りて行った。

「あっ……」

花弁の縁に触れられただけで、蕩けるほどの痺れが走る。既に蜜を湛えているのが、前後に動かされた指先の滑らかさで伝わってきた。ただ膝で嬲られただけなのに、恥ずかしい。淫らになった自分の身体は、こうも容易く綻んでしまう。愛しい男限定で、すっかりふしだらな女になってしまった。

「ああ……、すぐにでもこの中に入れそうですね」

長い指でオリアの内側を探りながら、彼がうっとりと呟く。内壁の感触と熱さを確かめるように、ゆっくり掻き回されるのが気持ちいい。粘着質な水音が奏《かな》でられ、膝がガクガク震えた。

「家の……中で……っ」

「まだ言っているのですか？　そういう態度は私を昂らせるだけですよ。もしかしてオリアは乱暴にされたいのですか？　悪魔を煽るなんて、命知らずですね」

とんでもないと示すため、オリアは大慌てで首を横に振った。言葉に出さなかったのは、口を開けばみっともなく喘いでしまいそうだったからだ。

「貴女が望むなら、私はいくらでも手酷く抱いてあげますよ。いっそ獣の姿で交わりましょうか」

「い、痛いのは嫌い！」

どうにか言えたのはこれだけ。

後はもう、乱れる呼吸に呑まれ、まともな言葉にならなかった。

「ふふ、分かりました。では壊れるほどの快楽だけ差し上げましょう」

男の赤い舌が淫猥に唇を舐める。危険な光を孕んだ双眸がゾクリとするほど艶めき、オリアを惹きつけて放さなかった。

これが悪魔の誘惑。人間の小娘などに跳ね除けられるはずがない。微かに残ったオリアの理性が消えてゆく。後はもう、欲情の虜になるだけ。――だが。

――『全ては神の思し召し……感謝の心を忘れてはいけません』――

突然オリアの脳裏によみがえったのは、エルデフ神父の言葉だった。あの誠実で包容力を感じさせてくれる上品な聖職者を思い出し、手放しかけていた正気を取り戻す。

「あ……！」

こんなことばかりしている場合じゃない。肉欲に溺れ、教会にも行かず自堕落に生きては駄目だ。神父に次の休みには教会へ行くことを約束したのだから、遊んでいる暇はないのである。

何よりもこれから先も愛しい悪魔とできる限り長く暮らすために、なけなしの矜持を捨てたくなかった。

「ちょっと待って、ヴァールハイト！」

「ふがっ」

色香を振り撒く彼を止めるため突き出した手は、見事にヴァールハイトの顔面に決まった。どうやらキスをするために目を閉じて接近中だったらしい。

「ご、ごめんなさい！　ああ鼻血が！」

「……やってくれますね、オリア……ふふ、流石の私も油断していました」

笑っているが、怒っている。それはもう烈火の如く。

彼の背後に立ち上る陽炎を見た心地で、オリアは戦慄した。やってしまった。しかもこれで二度目。それどころかこんな美形に鼻血まで噴き出させてしまった。

――まずい……。

ノワールと違い、普段滅多に感情の起伏を見せないヴァールハイトだが、一度本気で腹を立てると大変なのだ。下手をしたら、何日も口をきいてもらえなくなる可能性がある。せっかく最近上辺だけでもいい雰囲気なのに、それさえも壊れてしまう。

オリアは関係が悪化する恐怖を感じ、大慌てで下着と服を整えた後、ハンカチを取り出した。

「とりあえずこれで拭いて……あ」

ハンカチは当然ながらびしょ濡れだった。しかもポケットに入れていたせいで人肌になり生温い。これでは冷やすためにも使えない。

「あ、あの、洗濯物！　乾いているはずだから取ってくるわ！」

遁走《とんそう》よろしく駆け出そうとしたが、それより早く彼に手首を摑まれ足止めされた。

「いりません。もう止まりました。そんなことより、約束を破るつもりですか？　オリアの全てを捧げるというのは、口から出まかせだったと？」

　尋常ではない威圧感を放ちながら、ヴァールハイトがにじり寄ってくる。オリアが後ろにさがれば、更にもう一歩。しかも確実に彼の方が歩幅が大きいので、結果的により接近することになった。

「出まかせなんて、そんなつもりじゃ……でも最近は対価が必要な願いを叶えてもらっていないし、以前はこんなに頻繁に食事をしていなかったよね？　普通の食べ物でも問題なかったくらいなのに……急に頻度がおかしいと思うの……」

　あの日以来抱き合う回数はどんどん増えて、今では彼がオリアを求めない日はない。体調が悪ければ諦めてくれるけれど、その分、数日後は起き上がれなくなるまで抱き潰されることも少なくなかった。よく考えれば、異常だと思う。悪魔の中には特に性的な面で特化した者がいると聞いたことはあるが、ヴァールハイトは違うはず。

　だとしたら、もう少々控えてくれてもいいのではないか。最低限、オリアがこれまで通りの日常生活を送れる程度には――

「もし本気でそこまでお腹が減るなら、きっと何か原因があるわ。ひょっとしたら、どこか体調が悪いのかもしれない。一度調べてもらった方がよくない？　あ、地獄にも病院とかあるのかな……？」

「無用な心配です。私は至極健康ですし、むしろこれまでにないくらいに気力が満ちている……ああでも何かがおかしい可能性はありますね。最近の私は、自分でも制御できない衝動に駆られています」

「えっ……大丈夫なの？　悪魔にも過食症とかがあるの……？」

オリアが戸惑うと、彼は苦く笑った。

「変ですね。何でしょう、このモヤモヤとした気分は……私にも分かりません。ですが、腹が減って仕方がないことだけは事実です。今も気が狂わんばかりに飢えている。私はいっそ一日中オリアと抱き合っていても構いませんよ。生活の糧は、全て私が賄いましょう。その方がお互い好都合ではありませんか」

つまりは魔力を使ってどうにかするという意味だ。そしてオリアは対価を支払い続ける。ふたりきりの閉じられた世界。淫蕩な遊戯に溺れ、堕落していくだけの日々。互いの目に映るのは、睦み合う相手だけ――

それはとても淫靡で背徳的な魅力に満ち溢れていた。想像するだけで、下腹が疼く。ぐらりと傾いた心をオリアは慌てて立て直し、愚かな妄想を振り払った。

「……私は、普通に暮らしたいの。仕事をして、自炊して、時々友人に会って、教会に通って……人間らしい生活をしたい。そうしないと、いずれ必ず私は空っぽになる。……きっと貴方の満足するご飯をあげられない」

いくら悪魔と共にいたいと願っても、人間らしさまで失いたくなかった。恋に溺れ道を誤った女の悪あがきかもしれない。それでも守らねばならない大事な部分だと思ったのだ。好きだからこそ、節度を保ちたい。奪い合い、食らい尽くすだけでは先細りになるのが目に見えている。叶うことなら、もっと建設的な関係になりたかった。

「……それで？　あの胡散臭い神父のもとに通いたいと言うのですか？」

「神父様を悪く言わないで。あの人は……私にとって父親みたいなものなんだから……」

「父親？」

不意に、彼の声が冷酷さを帯びた。これまでの皮肉を滲ませた口調とも違う。心底馬鹿にしたような物言いに、オリアは驚いた。

「ヴァールハイト……？」

「父親ね……ははっ、よりによってそれですか。これはまた滑稽な話だ。やはり人は愚かで救いようがありません」

辛辣な台詞に愕然とする。ノワールならまだしも、ヴァールハイトがここまで言うのは滅多にないからだ。

「やめてよ……貴方のそういう言葉、聞きたくない……」

「ではあの教会に行くのはもうやめなさい。金輪際あの神父には会わないと誓わなければ、許しません」

無茶苦茶だ。あまりにも一方的で、オリアには信じられない気持ちの方が強かった。これまで、からかい半分の無理難題を吹っ掛けられたことは幾度もあったが、そのどれとも違う。冗談の気配が微塵も感じられない。

彼は本気で、オリアを意のままにしようとしていた。お前の意見など聞く気もないと言わんばかりに。

「どうしていきなりそんなこと言うの？　無理に決まっているじゃない」

「あの男は信用ならない。鼻が曲がりそうなほどの腐敗臭を漂わせている。それに貴女はこの数か月間、どうせ教会へ行くのを忘れていたのでしょう？　その程度の気持ちなら、不要なものだということです。違いますか？」

図星だったので、オリアは言葉を失った。彼の言う通りで、ヴァールハイトとああいう関係になって以来オリアの世界の全ては彼になり、他はどんどん後回しにして、顧みることさえなかったのだ。

神に縋る気持ちは消え去り、心も身体も、愛しい悪魔に囚われてしまった。それ自体は過ちだと思っていない。けれど、このままではいけないと感じていたのも本当だった。

もしもこのまま全部食べ尽くされ空っぽになったら、きっとこの悪魔は自分に見切りをつける。それだけは嫌だ。絶対に耐えられない。

オリアにとって歪な形でも何でも、彼らがいてくれる日常こそが愛おしいのだ。

恋心と執着心に曇っていたオリアの目を覚まさせてくれたのは、エルデフ神父。だからあの人を悪し様に罵る言葉を、大好きなヴァールハイトの口から聞きたくなかった。

「……ヴァールハイトの言う通り、最近の私は貴方のことしか見えていなかった……それは認める。だけど今後教会に行くなっていうのは、別問題でしょう？」

「何故それほど教会に拘《こだわ》るのですか？　いくら通っても、悪魔と通じた貴女に救いの手が伸ばされることなどありえませんよ。ひょっとして、違う目的があるのですか？」

「違う……目的？」

それはおそらく、オリアが異性との出会いを求めているとでも言いたいのだろう。今までも何度か交わされた軽口の一つだ。けれど今日は、どうにも右から左に聞き流すことができなかった。

「……馬鹿にしないで……っ」

胸が痛い。心が引き裂かれる。十九年しか生きていないけれど、こんな苦しみを感じたのは初めてだった。

愛したのも、触れ合いたいと願ったのもこの悪魔だけ。その想いを軽々しく扱わないでほしい。オリアがどれだけの覚悟と決意を以て彼を誘ったのか、ほんの欠片でもいいから理解してほしかった。そう願うのは、愚かなことだろうか。

――いくら願っても届かない……初めから、分かっていたはずなのに……ううん、あまりにも彼が優しいから、私はどうしても期待を捨てられなかったんだ……

オリアは滲む涙を瞬きで堪え、ヴァールハイトを見つめた。彼は無表情のまま。だが赤い瞳の奥には複雑な感情が揺れていた。オリアには決して見せてくれない、彼の根幹。そこに触れたいとずっと願っていた。

契約などではない繋がりを結び、いつか本当に心から分かり合える日が来るのではないかと……夢見ていたかったのだ。

――ノワールもヴァールハイトも、いくら優しさを見せてくれたって、一度も好きだとも愛しているとも言ってくれたことはないのにね……何らかの情はあるんじゃないかと勘違いしていた……

彼は嘘を言わない。だからこそ、本当はオリアをどう思っているかなんて、口にできなかっただけ。都合のいい餌としか思っていないから――

「ヴァールハイトには、私の気持ちなんてきっと一生分からない」

「理解する必要がありますか？　人と悪魔は本来、損得と欲望で結ばれる関係です。願望を満たし合う以外、他には何もいらないでしょう？　……ああ、より上質な対価を得るためなら、努力するのも吝《やぶさ》かではありません」

心がひび割れる音を聞いた。

いや、細かな傷は、もうずっと前から無数に入っていたのだろう。それが今この瞬間、限界に達したのだと思う。

一度亀裂が入った心は、二度と元の形には戻れない。後は完全に砕けないよう、補修し延命してゆくしかできることはなかった。

「……放して」

摑まれたままだった手首を振り払う。触れていた部分が妙に熱い。彼の体温が遠のいて、オリアは寒気を感じた。

無性に、ノワールの毛並みが恋しい。いつもなら包まれ撫で回していれば、どんな悩みも消えてゆく。けれど今は触れたくない。矛盾する思いを抱え、重苦しい沈黙に耐えた。

互いに、相手の気配を探っている。言うべき言葉を探し、惑っていた。不毛な時間が過ぎてゆく。

先に動いたのは、オリアだった。

「――しばらく、別々に寝よう。私は仕事部屋で眠るから、貴方は寝室を使って。食事は……どうしてもの時は私から食べていい。でも、毎日はやめよう。その分、私が沢山料理を作るし、毛繕いならいくらでもするから……」

これが最大限の譲歩。とにかく一緒にいるのが辛すぎた。彼といるのを苦痛に感じたのは初めてで、自分でも感情を持て余している。だがそれさえヴァールハイトには理解不能なのだと思うと、余計に悲しくなってきた。

「オリア。何を怒っているのですか？」

「怒ってなんていない。……悲しいだけ」

伝わらない気持ちを告げるのは無意味だ。どれほど言葉を尽くしても分かり合えないなら、いっそ無駄だと投げ出したい。そんな投げやりな気分で、オリアは瞳を伏せた。

潤む双眸を見られたくない。雄弁な眼差しで、『愛してほしい』と叫んでしまいそうだったから。

「私が間違ったことを言いましたか？」

「……たぶん、間違っていないよ。ただ私にとっては、正しくもない」

立場や常識が違うから、届かない。今にも溢れてしまいそうな涙を懸命に堪《こら》える。無様に泣き喚く女にはなりたくなかった。

「……オリアの言っていることが分かりません」

「ごめん。私にも説明できるほど余裕がないし、分かっていないんだと思う……」

だからそっとしておいてほしい。

今オリアが望むのはそれだけ。他には何もない。

好きだからこそ、一緒にいられないこともあるのだと初めて知った。距離が近すぎれば、愛情が変質することもあるのだ。愛しいからこそ、歪む想いがある。

オリアの中にあるヴァールハイトへの思慕は、ずっと純粋なものだった。それこそ綺麗なガラス玉に似ていたと思う。キラキラ輝いて、何の陰りも曇りもなかった。

変わり始めたのは、ミゲルの店であの光景を見て以来。彼が見知らぬ女性と親密に抱き合う姿を目撃し、嫉妬という醜い感情をオリアは知った。そして今、失望を抱えている。好きという想いだけで幸せだった頃にはもう戻れない。こんなにも容易く好意は汚れてしまう。

いっそ知りたくなかった。自分の中にある生々しい『女』の姿に、オリアは怯えた。

「……いつまでも濡れたままじゃ、風邪を引いちゃう。ヴァールハイトも着替えた方がいいよ」

それだけ言い、オリアは踵を返す。今度は引き留められることもなく、無事家に入ることができて、そのまま足早に仕事部屋へ飛び込んだ。

「……っう……」

堪えていた涙が溢れ出す。

びしょ濡れの服を着替える気にもなれず、オリアはしばらくその場に立ち尽くし、声を出さずに泣き続けた。

◇◇◇◇◇

——意味が分からない。

ヴァールハイトはオリアが立ち去ってからも動けずにいた。

人間はもとから不可解な生き物だが、その中でも最近の彼女は特別理解不能だ。十年も傍で見続けてきたのに、全てを掌握できた気がまるでしない。むしろ知れば知るほど、仲が深まるほどに遠のいていく心地がした。

近づいたかと思えば離れてゆく。手に入れたかと思えば指を擦り抜けてしまう。

「いったい何なのだ……」

吐き出した声には、隠し切れない苛立ちが滲んでいた。

自分が腹を立てていた自覚もなかったヴァールハイトは、そのことにも驚く。

いったい何に苛ついているのだろう？　生意気な小娘が反抗してきただけなのに。少々へそを曲げ、ヴァールハイトに逆らっただけだ。目くじらを立てるほどのことでもない。

どうせ一晩経てばケロリとした顔で忘れているだろう。これまでもそうだったではないか。オリアは叱られても翌朝には忘れてしまう。反省はしても、彼女は基本的に引き摺らない性格なのだ。

そう思うのに――――心は千々《ちぢ》に乱れていた。

面白くない。不愉快なのはたぶん、彼女が自分とエルデフ神父とやらを同列に扱ったからだ。どちらを優先するかなど悩むまでもないはずなのに、あの娘は教会に行くと言ってきかなかった。それがヴァールハイトの気持ちを逆撫でしているのだ。

やっと身も心も陥落させたと思っていたが、まだ理性が残っていたとは。人の精神は、案外逞しい。それともこれはオリアに限った話なのだろうか。

濡れていた服を魔力で乾かし、ヴァールハイトは苛立ちを鎮めるべく森の中を歩き回った。このまま家に戻れば、激情に支配され彼女に襲い掛かってしまいそうだ。

きっと優しくなどできない。狼の姿になったわけでもないのに、獣欲に支配され力任せに牙を立てかねなかった。

空腹が最高潮に達する。それでも、町に戻って適当な女を見繕う気にはなれない。

オリア以外の快楽の感情を食べたいとは思えず、この気持ちがどういったものなのか整理できないまま、より腹立たしさが増した。

己の心が読めないなど、まるで生まれたばかりの下級悪魔だ。考えるほど分からなくなって思考の迷路に迷い込む。胸の中、脆い場所に灯るこの光の名前は――

――ああ、考えると余計に苛々する……いっそ思考を切り替えよう。あのエルデフとかいう男……

聖職者は悪魔にとって例外なく嫌な臭いを放っている。腐った卵の臭いと称する者もいれば、果実の腐敗臭にたとえる者もいる。本来ならどちらも、特別悪魔が嫌う香りではなく、むしろ好む輩も少なくはない。

だが奴らが纏う悪臭は、また別物だった。とにかく鼻が曲がりそうなほど臭い。吐き気を催し、とても傍に近づきたくはなかった。おそらく向こうも同意見だろう。

――オリアに触れたあの醜い手を、噛み千切ってやればよかった……

もし実行していたら、胸がスッとしたに違いない。何度も思い返して、ヴァールハイトは瞳を陰らせた。

自分のものに勝手に触れるなど、万死に値する。オリアはヴァールハイトの獲物だ。他の者になど渡さない。それが同族であれ人間であれ変わりはなかった。

それなのにオリアは、あの汚らわしい男にまた会いに行きたいと言う。愚かだ。

随分気を許していたようだが、男の眼差しや手つきに不穏さを感じなかったのだろうか？　不埒な目的を秘めた雰囲気を感じ取れなかったのだろうか？

雄として、また契約者を守る悪魔として、ヴァールハイトにはすぐ分かった。

あれは、同じ女を獲物に定めた男の目だ。

――敵だ。

胸の中が騒めく。闘争心は悪魔なら誰しもが持つ本能。怠惰を信条に掲げていない限り、争いごとが大好きなのだ。ヴァールハイトも例外ではなかった。

――我が儘で愚かなオリア。ですが貴女の望みを聞いて差し上げましょう。父親などという幻想に、いつまで囚われているつもりですか。

別々に過ごしたいと願うなら、その通りに。快楽を極力食らうなと言うなら、叶えよう。

――ただしその反動から歪《ひずみ》が生まれても、仕方ありませんね……？

全ては召喚主の意のままに。いずれ極上の魂を食らうためだと思えば、大概のことは悦びに変えられる。己を焦らし、より大きな達成感を得ようとしているのだと考えれば、これもまた一興――

何もかも、いつかオリアの魂を手に入れるためにすぎない。それ以外に理由はないのだと、ヴァールハイトは自身に言い聞かせた。

赤い炎が口の端から漏れ出る。昂った感情がなかなか鎮まらない。呼応するように、森も落ち着かなくなっていた。

奥に進むほど樹々が鬱蒼と茂り、影が濃くなってヴァールハイトには心地いい。しかし彼が進んだ後は急速に植物が枯れていった。警戒するように動物や虫たちが身を潜ませている。豊穣の森は闖入者《ちんにゅう》に怯え、沈黙していた。

聞こえるのは、悪魔の足音だけ。

ヴァールハイトは黒い前髪を乱暴に掻き上げた。

5　悪魔と乙女が紡ぐ夢

冷戦状態五日目。

互いに口を閉ざしたままの食卓は、酷く重苦しい。

オリアは何の味も感じられないパンを強引に水で流し込んだ。

「……ごちそうさま……」

それでも律義に決まり文句は口にしてしまう。朝だって、返事はないと知りつつ彼に『おはよう』と言ってしまうのだ。当然無視だったけれども。

件の悪魔は、今日はノワールの姿で寛いでいる。と言うか喧嘩別れに終わった日から、ずっと獣姿のままだ。

一応オリアの作った料理を全て食べてくれているけれど――

――またヴァールハイトと一緒に同じテーブルで食事がしたいなぁ……それが無理な

ら、ノワールと一緒に眠りたい……

自分で『別々に寝よう』と提案しておいて、早くもオリアは後悔していた。怒りやら悔しさで一人寝を楽しめたのはたった一日だけだ。後はもうずっと悔やみ続けている。何せ毎晩隣にあった温もりがないと、まるで安眠できないのだ。

仮にウトウトしても、真夜中に目が覚める。シーツの上を手がさまよい、何も見つからない寂しさでなかなか深く寝入れなかった。

結局、寝ても起きても考えるのは彼のこと。

もっときちんとした人間らしい生活をしたいと宣言したくせにこの様である。情けなくて、オリアは裁縫の手を止め涙ぐんだ。

——馬鹿みたい……でも、ここで流されて折れるのは違うと思う……

誰に言うでもなく、ぐっと奥歯を噛み締めた。

この五日間、食事として『快楽』を求められていない。ノワールがオリアの傍から離れて一匹で外出することもないから、よそで摂取しているということもないだろう。もしかしたら夜中に出かけているかもしれないけれど、その可能性は低い気がした。

ただの勘だが、彼はオリアの『命令』に従って別の女性から食事を取っていないと思う。

ひょっとしたら体調が安定し、以前と同じ程度の空腹感で抑えられるようになったのだろうか。希望的観測だが、そうであってくれたら嬉しい。

オリアは深く嘆息し、仕事に取り掛かるため針を持ち直した。その時。

「オリアー、いるぅ？」

扉を叩く音と共に明るい女性の声がした。友人のリタだ。

「おはよう、オリア！」

「お、おはよう。今日は随分早いのね？」

「あはは、珍しく早く目が覚めたから、散歩がてら迎えに来たの」

思いついたら即行動の友人は、朝起きたら天気が良かったので訪ねてきたと語った。

ひとまず中に招き入れ、お茶を出す。いつものように台所で語り合うことにした。

「実は昨日、町で神父様に偶然お会いしたのよ。そしたら最近オリアが顔を見せないし、この前見かけた時に顔色が悪かったっておっしゃって……心配だから様子を見に来たの」

「そうなの……ありがとう、リタ。でも私なら大丈夫よ」

早く目が覚めたからなどと言いながら、実際にはわざわざ早起きしてくれたらしい。本当に親切で少しばかりお節介な愛すべき友人だ。リタのおかげでオリアのささくれ立っていた気持ちが和らぎ、微笑むことができた。

「本当に心配しないで。近頃仕事が忙しかっただけなの」

「うーん、笑顔に張りがないというか、やっぱりちょっと元気ないなぁ。そういう時は気分転換しないとね――じゃあ、行こうか」

「え？　どこに？」

「決まってるじゃない、教会よ。ついでに町で美味しいものでも食べて、英気を養いましょう！　今のオリアに必要なのは、たぶん息抜きや休息よ」

さぁさぁと急かすリタの勢いに押され、オリアは椅子から立ちあがった。

「え、でも……」

ノワールと揉めている原因はまさにそれだ。教会に行く行かないで喧嘩している最中にオリアがいそいそと出かけては、関係修復は絶望的なものになりかねない。

「何よ、行きたくないの？」

「そういうわけじゃないけど……」

言い淀み迷うオリアの前に、寝室からのっそりとノワールが姿を現した。横目で女ふたりを眺め、興味がなさそうに水飲み場へ歩いて行く。皿に注がれた水を飲んだ後は、再びゆったりした動きで寝室に戻っていった。

「あ、相変わらず大きな犬ねぇ……しかも愛想がない」

「あの、リタ。ノワールは犬じゃなくて……」

「何なのよ？　まさか狼とか言わないでよね。めちゃくちゃ怖いじゃない」

「……何でもないです」

真実を言えなくなったオリアは黙りこくった。

「さて、行こうよオリア。私から見ても何だか生気がないもの。失恋の愚痴なら聞くからさ。私もけしかけた手前、責任感じているし……」

どうやら彼女は、オリアが振られたと思っているらしい。しかもヴァールハイトに。当たらずとも遠からずなので、何だか滑稽だ。

今日のオリアは一日中仕事をするつもりだったので、教会に行く気はなかった。しかしわざわざこうしてリタが迎えに来てくれたことと、神父に心配をかけていることが心苦しく、気持ちが動き始める。

何より、ノワールと一時的にでも距離を取ることで、気持ちの整理をつけたかった。

――一人でゆっくり考える時間が、今の私には必要なのかもしれない……

傍にいれば、どうしても心を奪われてしまう。考えることは、あの悪魔のことばかり。行ってみようかな、と思うようになるまでに時間はかからなかった。

「……そうね。気分が晴れるかもしれないし」

「そうそう！　決まりね、準備はすぐできる？」

「うん。着替えてくる」

オリアはリタに台所で待っていてもらい、寝室に入った。着替えなどはこの部屋に置いてあるからだ。

部屋の中では、ノワールがベッドの上で寛いでいた。瞼を上げることもない。しかし二度耳が動いたことで、オリアが入ってきたことを認識していることは伝わってきた。意地でも無視を貫くつもりらしい。

「……聞こえていたと思うけど、今からリタと教会に行ってくる」

「……」

返事はない。想定内だ。

「ノワールは留守番をしていて。私は礼拝が終わったら、少しお喋りしてから帰るから」

再び彼の耳がピクリと蠢いた。『了解』なのか『煩い』なのかは判じかねるが、聞こえたことに間違いはないだろう。そう判断し、オリアはさっさと着替え出した。

――仲直りはしたい。でも相手の言うことに全て従うのは、きっと間違っている。

だって私は、都合のいい餌でも、人形でもないんだもの。

おそらくノワールは、強硬姿勢を取っていれば、いずれオリアが折れると踏んでいるのだ。子供の頃は、彼に叱られたらすぐに謝って許してほしいと懇願した。

けれど今回ばかりは簡単には譲りたくない。このままズルズル流されて、頭が空っぽの都合がいい餌扱いはごめんだった。いくら自分で望んで身を捧げたとしても、守るべき一線はあるのである。

――せめて、毅然としていたい。相手の顔色を窺いご機嫌取りをして、無理やり本心を押し殺し続けたら、きっと私は疲弊してしまう……

おそらく何もなかった振りをして、今まで通りの生活を送ることもできた。上面だけの平穏を求めるなら、不都合な真実から目を背け続けていればいい。だがそれでは何も解決しない。結局はオリアが空っぽになるだけだ。

「――それじゃ、行ってきます」

返事の代わりに尻尾が一度ベッドを叩いた。

本当について来ないつもりのようだ。これは少々予想外で、オリアも戸惑う。

ミゲルの店に行った時には先回りして待っていた彼だが、今回は目的地が教会。中で待っているということはありえない。何よりも完全に背を向けたままのノワールからは、強い拒絶の意思が感じられた。

――寂しい。本当は仲直りしたいよ、ノワール……

浮かんだ本音を振り払うため、オリアはやや乱暴に寝室の扉を閉めた。

「お待たせ、リタ」

「そんなに待ってないわよ。あら？　いつもの大きな犬は連れて行かないの？」

オリアが出かける際、常にノワールが同行していることを知っている彼女は、不思議そうに寝室を指さした。

「今日は留守番。どうせノワールは教会の中に入れないし」

「まぁそうだけど……ふぅん。何だかあの犬は、オリアを守る使命感に駆られた護衛みたいだったから、一緒に来ないなんてちょっと不思議」

「何、それ？」

「私にはそう見えたって話。まるでオリアを守れることを誇っている人間みたいに思える時があってさ……あんたの方もすごく信頼しているのが伝わってきたし」

他者には、そう見えていたのか。

複雑な思いが湧き上がり、オリアは胸の痛みから目を逸らした。

「行こう、リタ。朝の礼拝に間に合わなくなっちゃう」

「そうね。ここから町までは時間がかかるもの」

二人の女が連れ立って外に出る。寝室の扉は、固く閉ざされたままだった。

――本当に、ノワールはついて来ないつもりなんだ……

いつも傍らにいた存在が消えてしまった寂寥《せきりょう》感が胸に巣くう。痛みを伴う感覚で眩暈がした。

――自分から『留守番をしていて』と言ったくせに、いざその通りにされると傷つくなんて……私は本当に身勝手だな……心のどこかで、それでもノワールがついて来てくれると期待していたんだ……

自己嫌悪が広がる。オリアは早くも反省し、彼に謝りたくなっていた。だがここで折れれば全てが水の泡だ。また自分は彼以外何も見えない爛れた生活に溺れてゆくだろう。そしていずれは、枯渇してしまう。

「――あれ？　朝、家を出た時は晴天だったのに、何だか随分曇ってきたわ。雨が降らないといいんだけど……」

空を見上げたリタが不安げに呟いた。つられてオリアも天を仰ぐ。灰色の雲が遠く東の空から近づいてきていた。

「まだだいぶ遠いから、大丈夫じゃない？」

「だといいな」

じりじり青空を侵食してゆく雨雲は、どこか不吉な予感を掻き立てた。

◇◇◇◇◇

――行ったか……

玄関扉が閉まる音に、ノワールは身を起こした。

オリアの気配が遠ざかる。一応彼女が着替えている間に守護の術を重ねておいたから、しばらくは安全だろう。少なくとも、教会までは何事もなく辿り着けるはずだ。

――あの神父がいる場所にオリアを預けるのは業腹《ごうはら》ですが……仕方ない。今回に限って言えば、教会の中が一番安全だ。それにリタとかいうあの娘、驚くほど魂が湿しく健全で、悪魔が最も忌避する性質の女性ですね……あれが傍にいるなら、問題なさそうです。

人間の中には、『無垢』とはまた違う生命力に溢れる輝く魂を持つ者が稀にいる。そういった人間は闇の生き物からは嫌厭《けんえん》されやすい。一言で言うと、御《ぎょ》しにくいからである。

下級悪魔程度ではリタには近寄ることもできないだろう。

ノワールは鼻を蠢かし『それ』を探った。

まだ距離はかなり遠いが、忍び寄って来る気配が次第に大きくなる。狙いは自分か。それともオリアだったのか。だが仮に彼女を狙っていたとしても、ノワールより階級の低い悪魔には一時的に姿を捉えられなくなっている。おそらく今も、この家の中にオリアがいると勘違いしているだろう。ならば誘い込み、殲滅《せんめつ》するだけ。

本当ならもっと強い魔術で彼女の周囲を固めてやりたかったが仕方ない。対価なしで扱える術はたかが知れている。それにこの後のことを考えると、余計な消費は控えたかった。

ノワールは強い空腹を感じ、グルル……と喉奥で唸る。枯渇はしていないが余力は充分とも言えない。この五日間、オリアから『快楽』の補給がまったくされていないためだ。それどころか、毛繕いなどの触れ合いも一切ない。

正直なところ、目が回りそうなほど飢餓感が高まっていた。

——敵とも言えない程度の相手ですね。一応気配を消す頭はあるらしい。この程度で私の目を眩ませることはできませんが、愚かなりに知恵を絞ってきたようです。

数は数十。舐められたものだと思う。

地獄では一人の人間に固執する悪魔は、嘲笑の対象になる。飽きっぽい彼らが十年も同じ人間と契約を結ぶのは珍しいのだ。しかも必要に応じてその都度召喚に応じるのではなく、自分のようにずっと契約者の傍にいるのはかなり異質な話だった。

そして下級悪魔が手っ取り早く階級を上げる術は一つ。己より格上の悪魔を狩り、能力ごと食らえばいい。

おそらくフィータの話を聞き、今なら腑抜《ふぬ》けたノワールの首を取れるとでも考えた輩が大勢いたのだろう。それで慣れない集団行動までしているのかと思えば、いっそ笑いが込み上げた。

「浅はかですね……」

来るなら来ればいい。同族の阿鼻叫喚《あびきょうかん》も少しは腹の足しになる。ノワールはのっそりと身体を起こし、彼らをもてなすために家の外に出た。

普段穏やかな森の空気は張り詰め、動物も虫も気配を殺して災禍が通り過ぎるのを待っている。しばらく空を眺めていたノワールが遠吠えした直後、空からいくつもの悪魔が落下してきた。

「ぎゃあアッ」

苦悶の声を上げたのは一体だけ。他は皆、悲鳴さえ上げる暇なく完全にこと切れていた。

「……この程度に耐え切れない者が、よくもまぁ私に挑もうと思ったものです。近頃運動不足で鈍っていたので、暇潰しに付き合って差し上げましょう。次は誰ですか？」

赤い炎を吐いた黒狼が、巨大な翼を広げた。その衝撃を受け、また数十体の悪魔が苦しみながら落ちてくる。

何とか空に留まった残りの悪魔は、恐怖に顔を歪ませた。

「馬鹿な……今なら大勢でかかれば何とかなると言ったではないかっ」

「お、俺が言ったんじゃないっ」

まさかこれほどの実力差があるとは思っていなかったのだろう。生き残った者たちはたちまち慌てふためいた。もとより、集団で動くことに慣れていないのだ。命令系統に秩序がなく、誰が首謀者ということもないらしい。

「お、俺は抜けるぞっ」

「話が違う。こんなはずじゃ……」

右往左往した結果、大半の者が散り散りになって逃げて行った。誰ひとり落下した同族を助けようとする者はいない。彼らの遺体は、サラサラと灰に還っていった。

「――お前は逃げなくていいのですか？　フィータ」

ノワールの眼前に震えながら降り立ったのは、以前訪ねてきた女の悪魔だった。こんなことなら、あの時面倒がらず息の根を止めておけばよかった。そうすれば今日のような煩わしい目に遭わずに済んだのに。うんざりしつつ、ノワールが黒い羽で風を起こそうとした時――

「お、お待ちください！　私は違います。貴方様を襲撃しに参ったのではありません！」

素早く額《ぬか》ずき、彼女は捲し立てた。

「私はむしろ、やめた方がいいと皆に言いました。ですがひとりで止められる状況ではなく……！」

「それで？　私が嬲り殺されるのを特等席で見物しようと思ったのですか？　あわよくばおこぼれに与ろうとでも？」

「滅相もない！　私は警告しに参ったのです！　こちらは陽動です。本当に狙われているのは、貴方様の契約者である人間の方です！」

嘘を嫌悪するノワールは、他者の偽りにも敏感だ。だからこそフィータの言葉が真実だとすぐに分かった。彼女は嘘を吐いていない。少なくとも自分を襲撃する気は、最初からなかったのだと思う。

「……何ですって？　オリアを狙っていると言いたいのですか？」

「その通りです。貴方様がそこまで執着する人間の魂ならば、さぞや美味だろうとあの方がおっしゃって――で、ですから私は以前見逃していただいた恩をお返しするため、ノワール様にお教えした方がいいと思い、こうして参りました……！」

「あの方？」

首謀者はいないと思っていた。しかし違うらしい。しかも彼女の言い方から、相手が相当上の階級に属する者だと分かる。

こんな回りくどいことをし、更には同族を動かせるだけの影響力がある者。もっと言うなら、ノワールが選んだ契約者に興味を持つとしたら、それは――

「……誰の指示ですか。まさか……」

「……それは……ノワール様が思い描いている方で合っていると思います……」

全身の体毛が逆立つかと思った。燃え上がる怒りの炎で焼き尽くされそうだ。

あの男が。これまでずっと意識的に思い出さないようにしていた姿が鮮やかによみがえる。引き裂いてやりたいほど憎くて堪らないのに、二度と顔も見たくない相手。

自分を騙し、不本意な場所に堕としておきながら、今ものうのうと生き、こちらを嘲笑っている。それだけならまだしも――

「……オリア」

「ヒィッ……！」

――あれは私のもの。誰にも渡さない。傷つけさせない。触れさせもしたくない。哀れで大事な、私だけのオリア――

ノワールは牙を剥き出しにして炎を吐いた。赤い瞳がギラギラと輝き出す。

フィータが膨れ上がった重力に負けその場にうつ伏せに倒れた時には、ノワールの姿は消えていた。残されたのは、彼女だけ。

静まり返っていた森は、何事もなかったように日常に戻ろうとしていた。

◇◇◇◇◇

何が起こったのか、まるで分からなかった。

今日はリタに誘われ、久しぶりに教会に足を運んだはず。それが今、何故こんな事態になっているのか。

オリアは眼前の光景を呆然と眺めた。

いつも通りの沈黙が落ちる教会内は、普段より一層静寂に満ちていた。お喋りをする者どころか、身じろぎする者さえいないからだ。

音を立てるとしたら、オリアだけ。この場で意識を保ち立っているのは、他に一人もいなかった。

誰もが全員、その場に突っ伏すか、床に倒れこんでいる。悪夢のような光景に、オリアは震え出した。

「リタ……！　お願いしっかりして……！」

幸い、息はある。しかしいくら揺すっても叩いても、友人が目を覚ますことはなかった。それは他の者も同じだ。大人も子供も、男も女も。誰も彼もが深く眠りについている。ぐったり身体を弛緩させ、固く目を閉じていた。

「どうして……っ？」

教会内に入った時までは普通だった。各々瞑目したり、聖書を読んだり、自由に過ごしていたはずだ。オリアもいつも通り、天使像をうっとりと眺めていた。

だから静かに異変が起き始めた時、為す術なく凍りつくことしかできなかったのだ。

始まりは「あら、どうしたの？」という小さな問いかけからだったと思う。母親が、隣で眠ってしまった子供に話しかけていた。

次にガタンと音を立て、突っ伏す人々。周囲が狼狽えている間に、一人、また一人とその場に倒れ伏していった。

驚いたオリアが隣のリタを振り返ると、彼女もオリアの肩に寄りかかるようにして静かな寝息を立てていたのだ。

「誰か……！　誰か無事な人はいないの……っ？」

異常な事態が起きている。どうして自分だけが何ともないのか。

オリアは意識のないリタをベンチに寝かせ、救助を呼びに行こうとした。外に出れば、きっと誰かが助けてくれる。医師を呼ぶこともできるだろう。

閉じられた扉へ向かい走り出した時。

「オリア、いったいどうしましたか？」

「神父様！」

エルデフ神父が物陰から姿を現した。

「ご無事だったのですね……っ、良かった……！」

やっと自分以外に眠っていない人を見つけ、オリアはホッと胸を撫でおろした。これでもう大丈夫。そう信じて、彼に駆け寄った。

「リタや他の方々が急に意識を失って……とにかく人を呼ぼうと思っていたのです」

「そうですか。オリアは優しい娘ですね」

「え？　あの……ありがとうございます。でも、今はそれどころでは……」

褒められるのは嬉しいけれど、そんな場合ではない。何か重篤な病気や事故だったら時間が惜しい。オリアは噛み合わない会話に戸惑いつつ、もう一歩神父に近づいた。

「とにかく皆を何とかしないと……」

「大丈夫です。いずれ目を覚ましますよ。それにしても想像以上の素晴らしい効き目だ」

「……神父、様……？」

何故、彼はこんなにも冷静でいられるのだろう。教会内の惨事は、一目瞭然なのに。あちこちに大勢の人が倒れている光景を前にして、まったく慌てないなど考えられるだろうか。

常に穏やかで清廉な雰囲気を持つ神父の姿が、急に異質なものになった錯覚を覚えた。まるでオリアの知らない恐ろしい何かへ変貌したみたいだ。

それはちょっとした眼差しや、言葉の強弱に滲んでいる。違和感、という表現が一番しっくりくる騒つきに、オリアはゆっくり後退った。

「……どうしましたか？　オリア」

「あの、エルデフ神父様……ですよね？」

「ええ。どこからどう見ても、私でしかないでしょう？」

その通りだ。姿も声も全てオリアのよく知っている敬愛する神父だった。それなのにどうして、嫌な感じがするのだろう。これ以上近づきたくないと、心が叫んでいる。

こんなことは、おかしい。とても失礼な思い違いだ。自身の気持ちを落ち着けようと、オリアは忙しく呼吸を繰り返した。

「で、ですよね……私、どうしてしまったのかな……ああ、それよりもリタたちが……」

「怯える必要はありません、オリア」

彼の手が伸ばされ、オリアの肩に触れようとした瞬間、嫌悪感が爆発した。

「嫌っ！」

つい振り払ってしまった手が、痛みと熱を孕む。自分の行為に驚いて、オリアは硬直した。

神父に肩を叩かれるなんて、いつものことだ。別に気にしたこともない。けれど今日はとても耐えられなかった。触れられることへの不快感が、急激に膨らんだのだ。

——違う。何かが変……

そもそもこんな事態に直面したら、普通ならもっと焦り、何とかしなければと倒れた人たちに駆け寄るくらいすると思う。だが眼前の彼は、こんな状況を想定していたかのように平然としていた。奇妙に落ち着き払っていると言ってもいい。

——まさか知っていたの……？　だからちっとも慌てていないの？

初めからこうなることが予測できた人がいるとしたら、それは自らこの事態を引き起こした人物でしかない。

恐ろしい結論に思い至り、オリアはじりじりと後退した。けれど膝が震えて上手く動けない。それにリタを見捨てて逃げることなど、できるはずがなかった。

「本当なら、貴女も眠るはずだったのに、どうやら強い守りが掛けられているようですね。ですがこの聖なる場所では間もなく効果が消えるでしょう。ふふ、全てあの方の言った通りだ」

「あの方……？」

「ええ。本当の私を解放してくださった方です。その方が、眠り薬も分けてくださいました。火にくべれば臭いもなく、どんな大男も昏倒させられる代物です。私のように解毒剤を飲んでいなければ、ひとたまりもない。けれど副作用はないので安心してください。オリアもそろそろ効き目が出始める頃ではありませんか？」

「……え？」

確かに言われてみれば先ほどより身体が重くなっていた。思考もぼんやりしている。足が縺《もつ》れ、まともに立っていられない。よろめいたオリアは、慌てて傍らのベンチに手をついて身体を支えた。

「な、何……？」

「抗っても無駄ですよ。悪魔の守護など、教会の中では無力ですから」

「……！」

神父の一言に、薄れかけていたオリアの意識が引き戻された。今、彼は『悪魔』と言ったのか。どうしてオリアが通じていることを知っているのだろう。混乱が、酷い眩暈を引き起こす。

足から力が抜けたオリアは、その場に膝をついた。

「全て知っています。貴女は悪魔と契約しましたね？　それだけではなく、純潔まで捧げた。この愚行がどれだけ罪深いことか、分からないはずはありませんよね？」

これは断罪だ。オリアの罪が暴かれようとしている。しかし見下ろしてくる神父の顔は、とても聖職者には見えなかった。

下卑《げび》た嗤いを唇に張り付け、双眸は野次馬めいた好奇心と悪意でぎらついている。どう見ても間違いを犯した者を改心させ許し導く者だとは思えない。むしろ興味本位で石を投げてくる傍観者の顔だった。

「エルデフ神父様……？」

「やれやれ、ガッカリです。貴女は他の汚い女どもとは違い、清らかなままだと思っていたのに……ですがそんなに淫らな身体をしていては、並みの男漁りでは満足できないのでしょうね」

「なっ……」

酷い侮辱に耳を疑った。

親愛の情が根本にない悪口は、こうも心を切り裂くものなのだと初めて知る。

ヴァールハイトと仲違いしたきっかけの台詞より、ずっと刃が鋭く、容赦なく斬りつけられた。あまりにも酷いと感じたあの台詞さえ、可愛く思えるほどだ。

「あ、あんまりです……神父様……」

「でも事実でしょう？　そんなふしだらな身体をしているから、悪魔などに目をつけられましたか？　それとも自ら誘ったのですか？」

「やめてください！」

何も知らないくせに、勝手なことを言われたくない。

傍から見れば、オリアは愚かで堕落した女だろう。

けれど自分と彼との間には、他人には計り知れない繋がりがある。エルデフ神父の罵倒を聞いて、確信した。

これまで似たような言葉をノワールにもヴァールハイトにも言われたことはある。その都度ムッとはしたけれど、ギリギリ冗談の範疇《はんちゅう》に留まっていたものだ。それはひとえに、自分たちの間には絆があったからだと思う。

だからこそ言い合いだって楽しかったし、喧嘩することもできたのだ。

だがエルデフ神父は違う。

オリアを傷つけ痛めつけるためだけに残酷な言葉を吐いている。そこに、微塵も愛はなかった。

口にする相手が違う――――たったそれだけで言葉は凶器になるのだと痛感する。

「い、いくら私でも怒ります。撤回してください……！」

「娼婦如きが、よく吠える」

「……っ！」

いつも穏やかに微笑んでいた人の台詞だとはとても信じられなかった。女性や職業を貶め揶揄《やゆ》する物言いに、背筋がゾッと冷たくなる。

何故突然こんなことを口にするのだろう。今まで差別的な発言など決してしてこなかった人なのに。

「ああ、スッとした……本当はずっと思っていたことです。けれどこんな考えを持ってはいけないと己を戒めていました。神は平等に全てを愛し許すもの——でもそんなこと、無理に決まっています。人間には優劣があるのですよ。あの方は私の考えを肯定してくださった……！」

「あの方って、誰なんですか……っ」

恍惚の表情で語る神父に狂気を感じ、オリアは全身を竦ませた。

普段のエルデフ神父とはまったく違う。だがこれこそが彼の本性なのかもしれない。ヴァールハイトも『善人の仮面を被り慣れている輩ほど、質が悪い』と言っていたではないか。あれはこういう意味だったのだ。

「以前、貴女にも紹介したいと言ったでしょう？　私を理解し、救ってくださった方です。色々な知恵を授けてくださいました。ああ、オリアの過去についても、詳しく教えてくれましたよ。あの方が知らないことなど、何もありませんから」

「私の……過去……？」

「ええ。貴女は幼い頃の記憶をほとんど失っているでしょう？　——汚らわしい悪魔と契約した以前のことを」

頭を殴られたような衝撃を覚え、オリアは息を呑んだ。

どうしてエルデフ神父がそのことを知っているのか。

誰にも話したことはない。勿論『あの方』とやらにも。

「可哀想なオリア。本当は悪魔を召喚したのは貴女ではなく、父親だったそうですね？　貴女はただの生贄にすぎなかった。それなのに呼び出された悪魔の気まぐれで父親は食らわれ、オリアが契約者になったそうではありませんか。自分の父親を殺した相手に魂を握られるなんて、皮肉な話ですね」

「……え」

たった一言しか発することができなかった。他には瞬きもできない。言われた意味が理解できず、オリアは瞳を揺らした。

十年前のあの日。

覚えているのは薄暗い部屋。揺れる炎の光。赤い色。それが全てだ。他には何もない。

けれど神父の言葉をきっかけにして、少しずつオリアの頭の靄《もや》が晴れていった。

あの時身動きできなかったのは、縛られていたから。

薬を飲まされ、声も出せなかった。何より、恐怖とそれを上回る憎しみで身体も心も破裂しそうになっていたのだ。

──『お母さんを犠牲にしただけでは飽き足らず、私まで生贄に差し出すの？　悪魔を召喚し、自分の名声を高めるためだけに』──

その一年前、オリアの母は亡くなった。父の不完全な召喚により、生贄とされた母は命を落としたのだ。亡骸《なきがら》は、口にするのが憚《はばか》られるほど無残な状態だった。オリアはその一部始終を見守ることを強要されていた。

以後一年間の、父と二人きりの生活は地獄そのもの。

もともと家庭を顧みず、妻さえも道具としてしか見ていなかった男に、まともな生活も子育てもできるわけがない。結局オリアは放ったらかしにされたのも同然だった。

食べるものすらろくになく、洗濯も掃除も八歳の自分が全てするしかない。更に父親はオリアが言いつけを守らないと暴力を振るうようになった。次第に何も感じなくなったのは、己の精神を守るためだったのだろう。

けれど存在を忘れられていた方が、今思えば幸せだったのかもしれない。

一年後、同じことが繰り返され、新たな生贄として差し出されたのは抵抗を忘却したオリアだった。

父に命じられるまま何も考えず薬を呷り、自分が間もなく死ぬことを理解しても、どうでも良かった。

しかし、祭壇の上に転がされ愚かな儀式を再び見せつけられた時、母を亡くした衝撃で麻痺していた心が皮肉にも感情を取り戻した。

――『どうして？　悪魔なんて呼び出して、いったい何になるの？　お母さんより大切なものであるはずがないのに……！　今度は私まで殺すの？　お父さん』——

憎い、と強く思った。少しずつ蓄積されてきた疑問や憎悪が弾けた瞬間。

家族を犠牲にして父が研究してきたのは、こんなにも血生臭く愚かなことだったとは。

母が最期の時、何を考えていたのかは分からない。父を尊敬していた彼女は、納得して生贄になったのかもしれない。だが自分も同じ運命を辿ろうとした刹那、オリアはあることを思い出した。

母が命を落とす直前、自分の方を見たことを。そして見開かれた瞳が訴えかけてきたことを。

——『助けて』——

どうして今まで忘れていたのだろう。あまりにも凄惨な現場を目撃したせいで、記憶を封じてしまったのかもしれない。十歳にもならない少女には、受け止め切れないものだったから。

しかし一度解けてしまった封印は、冷酷にオリアを打ちのめした。

真っ黒な感情が小さな身体を蝕んでゆく。憎くて、悔しくて、悲しくて——力が欲しいと切に願った。自分の代わりに『父を殺して』くれるなら、己の持つ全てをなげうっても構わないと——

願いを聞き届けてくれたのは、漆黒の狼だった。

「嫌ぁあああっ」

甲高い女の悲鳴が自身の発した叫び声だと気づくには、しばらく時間が必要だった。急激に思い出した過去が飽和し、精神がまだ戻ってこられない。

オリアは床に爪を立てて、喉が嗄《か》れるまで叫び続けた。

涙が溢れ出す。ぽたぽた垂れる滴は、あっという間に小さな水たまりを作っていった。

――お父さんがお母さんを死に至らしめた……そして私のことも……

愛されてなどいなかった。母はどうだか分からないが、父にとってオリアが『どうでもいい存在』だったことは確かだ。道具として手元に置いておいただけ。

残酷な真実に胸が押し潰される。透明だったものが濁ってゆく。オリアの純真さは、醜すぎる過去を忘却したから維持できたもの。本当の自分は、こんなにもどす黒い塊でしかなかったのだ。

「あ……ぁ……どうして、ノワールは……」

「悪魔にとって黒く染まった人間の魂は最高のご馳走だそうです。おそらくオリアを育て、もっと熟成させる気だったのでしょう。貴女はいずれ食われるために、契約者にされたのですよ」

突きつけられた言葉で、目の前が真っ暗になる。何を信じればいいのか、もう分からなかった。

だがたぶん、エルデフ神父が言っていることは真実だ。取り戻した記憶と摺り合わせ、オリアはそう判断を下した。

あの悪魔にとって自分は最初からただの餌。どんなに想いを告げても『愛している』と返してはくれなかったことこそ、残酷で誠実な彼の本心だったのだ。

「……酷い……」

「ええ。ですからいっそ契約を破棄してしまいなさい。そうすればあなたは自由になる。どうせ不完全な契約でしょう？　オリアから破棄することも可能ですよ。彼は教えてくれませんでしたか？　そうでしょうね。せっかく育てた貴重な餌に、逃げられては大変ですから」

「契約を……破棄……」

それはこれまで何度も考えてきたこと。

彼を縛るものがなくなった時に初めて、本当の関係を築ける気がしていた。しかしそれさえも幻想だったのだと思い知る。

――ああ私は、何度裏切られたと感じても、それでもあの悪魔を信じていたんだ……

こんなに絶望するほどに、信頼し心を寄せていた。どうしても好きという気持ちが捨て切れない。共に重ねてきた十年間が全てまやかしだとは思いたくなかった。

「そうです。何もかもゼロに戻すのです。あの方もそれを勧めています」

神父の後ろに、何者かの気配を感じた。だがもはやどうでもいい。オリアは全てを投げ出したくて、考えることすら億劫だった。

「オリア、ひょっとしたら契約を破棄すれば、あの悪魔の本音が聞けるかもしれませんよ」

「……え？」

よく考えれば、矛盾だらけの提案。いつものオリアなら、すぐにおかしいと思っただろう。けれど薬のせいで瞼が落ちそうなほどの眠気と、混乱する記憶、ノワールへの不信感がごちゃ混ぜになり、促されるままこちらに伸ばされた神父の手を取ろうとしていた。

――彼の気持ちが知りたい……仮にエルデフ神父が言ったことが全部本当だったとしても……同じ傷つくなら、ノワールかヴァールハイトに語ってほしかった……

絶望の只中で、縋れるものへ手を伸ばす。何も考えたくない。考えられない。とにかく意識を保つのが精いっぱい。それさえ曖昧に崩れかけた時。

「――契約を破棄させれば、オリアを守る私の守護が完全になくなります。それが目的ですか」

この場に、絶対に入れないはずの男の声が響いた。静寂を破ったその声を、オリアが聞き間違えるはずがない。

いつだって自分を守ってくれる、ずっとずっと傍にいてくれた相手。時に兄として、家族として、歪な関係の同居人として。

十年間、彼だけを見つめてきたのだ。

生きる術やお金を稼ぐ方法、喧嘩の作法と仲直りの仕方。愛することも、口づけも、抱き合うことも全部、彼が教えてくれた。オリアは彼がいなければ、生きてこられなかったと断言できる。

「……どうして……ヴァールハイト……」

悪魔は教会に入れない。聖なる場所自体が、彼らに害を及ぼす。事実、扉を開いたヴァールハイトの全身からは煙が上がり、肉の焦げる臭いが漂っていた。

「ば、馬鹿な……あの方は、悪魔は絶対にここへは足を踏み入れられないと……！」

「……苦しむことが分かっていて、こんな場所に来たい悪魔はいませんからね……」

彼のシミ一つなかった肌に火傷のような痕が広がってゆく。オリアは悲鳴を上げ、這うようにしてヴァールハイトに近づこうとした。

「ヴァールハイト、酷い怪我をしているじゃない……っ、早くここから出ないと……！」

芽吹いていた彼への不信感など忘れ、ヴァールハイトを見上げる。胸にあるのは、心配の気持ちのみ。彼が傷つく様など、見たくなかった。

「……オリア、そこの男から全て聞いたのでしょう？　それでも私の身を案じるのですか？　……貴女は、本当に昔から変わりませんね……」

彼が一歩進むごとに、異臭が濃くなり、肌の爛れも急速に酷くなってゆく。

本当ならオリアは今すぐヴァールハイトに駆け寄りたかった。しかし身体がろくに動いてくれず、ほんの少し前に動くだけでも全身が痺れる。遠のきそうな意識を繋ぎとめるだけで精いっぱいで、ついには限界を迎え、その場にうつ伏せに倒れこんだ。

「早く……ここから帰って……！」

「ええ。帰りますよ。ですがそこの男と背後で嗤っている者の誤解を解いてからです」

「誤解……？」

「――笑わせてくれる。誤解も何も、事実じゃないか。実際、こんな暴挙を犯してまでお前自ら契約者を奪い返しに来るのだから」

聞いたことのない男の声に、オリアは目を見開いた。

「え……？」

慌てて周囲を見回せば、それまで誰もいなかったはずのベンチに、小柄な少年が腰かけていることに気がついた。

六歳くらいだろうか。金の髪と茶の瞳。顔立ちはごく平凡。しばらくすれば忘れてしまいそうなほど特徴がない。どこにでもいそうな、ごく普通の子供だった。

「誰……？」

「しかも生身で乗り込んでくるとはね。正気の沙汰じゃない。私のように意識だけ飛ばし、適当な人間を操ればいいものを。お前ならその程度のことは簡単だろう？」

幼い子の声とは思えない、低い美声。仕草や目つきも洗練された大人のものにしか見えなかった。妙に大人びていて、相手を従わせることに慣れた者の雰囲気を帯びている。少年はゆったりと腰を上げると、オリアとヴァールハイトの間に立った。

「貴様……」

「パルフェクト様！」

ヴァールハイトの苦々しい声を掻き消すようにエルデフ神父が名を呼び、跪いて、深々と頭を下げる。その行動から、この少年が『あの方』なのだとオリアには分かった。同時に見た目通りの年齢ではなく、人間でないことも。

「なかなか面白い余興だ。尚更その娘の魂を味わいたくなったぞ、ヴァールハイト」

「……何か勘違いしているらしい。私がオリアに執着し大事にしているから、彼女の魂はさぞ極上の味だと思っているのですか？　くだらない。私が人間如きを特別大切に想うはずがないのに……」

「お前は『如き』の存在のために、命を危険に晒すのか？　いくら高位の悪魔と言えど、このまま教会内に留まれば消滅は免れまい」

話す間にもヴァールハイトの肌が焼け焦げてゆく。オリアは泣きながら一歩でも彼の傍に向かおうと足掻いた。

――ヴァールハイトが死んでしまう……！

人間の自分には、教会が彼に与える苦痛は分からない。けれどこのままでは取り返しがつかなくなることくらい、理解できた。どんなに人より丈夫で寿命の長い悪魔であっても、不死身なわけではないのだ。

「これ以上、肉体に負荷をかけない方がいい。お前は『嘘を吐かない』誓いを立てているのだろう？　それで天界に戻れると思っていることも滑稽だが……誓いを破れば万に一つも望みが叶わないどころか、大きな反動がくるぞ」

「天界……？」

先ほどから少年が語っている内容は、オリアにとっては理解が追いつかないものだった。その中でもあまり聞き慣れない単語が飛び出し、つい反応してしまう。

教会の教えでは、地獄があれば天界もある。前者は悪魔たちが住む穢れた場所。そして後者は――

「何だ、この契約者は知らなかったのか。ならば特別に私が教えてやろう。あれは元は天使だ。堕天して、今の姿になったのさ。それなのに自分を追い出した天界に帰りたがっている。嘘を口にしないという誓いを守り続ければ、いつか戻れると信じているらしい」

「やめろ！」

叫ぶヴァールハイトの必死さが、少年の言葉が嘘でないことの証明だった。オリアは愕然として、傷つきボロボロになってゆく悪魔を見つめた。

――ヴァールハイトが、元天使……

不思議と、至極納得する。これまで疑問に感じていた諸々が、正しい位置に納まった感覚だった。

「あんな退屈な場所のどこがいいのか、私にはまったく分からないね。せっかく自由になれるよう私が取り計らってやったのに。今ではこうして仲良く堕天し、悪魔として楽しく暮らせているじゃないか。そもそも悪魔になった時点で、かつての天使としての考え方や嗜好は消え、欲望に忠実になるはずなのに……お前は本当に面白いよ」

「黙れ……っ、貴様の嘘を信じたせいで、私は――」

慟哭《どうこく》に似たヴァールハイトの言葉で、オリアは彼の過去の一端を垣間見た気がした。

嘘を極端に嫌うヴァールハイト。憎悪していると言ってもいいほど、彼は嘘を吐くことも吐かれることも嫌悪している。それは異常なほどだ。

理由の全ては彼の過去にあったらしい。

――ああ……そうだ……お父さんもノワールを召喚した時に偽りを述べて……それで彼を怒らせたんだった……

あの日。召喚主たる父を無視してノワールはオリアに話しかけてきた。そして喋れない彼女の心を読み取ったのだ。

『――面白い。召喚はお粗末なものでしたが、貴女の匂いに惹かれて来て正解でした。では今度は父親に真意を問いましょう。貴方、娘や妻を贄に差し出し、後悔はないのですか？』

初めて高位悪魔の召喚に成功した父は、浮かれていた。彼の異形に怯えてもいたと思う。腰が引けつつ、父は声高に叫んだ。

『も、勿論大事な家族を喪うことは辛い。だがそれでこそ価値のある生贄になると考えたのだ！』

『――嘘だな』

瞬時に看破したノワールは大きく口を開き、父の魂を食らった。残されたのは、抜け殻になった肉体だけ。つい一瞬前まで、己の研究結果に酔いしれ悦に入っていた男は、虚ろな目をして口の端から涎《よだれ》を垂らしていた。

『……ああ、不味い。この男は私を謀りました。家族など本当はどうでもいい道具でしかないくせに――……さぁ小娘、貴女の願いは叶えて差し上げました。今度は私の空腹を満たしてください――』

それが、十年前の顛末《てんまつ》。

オリアは既に願いを叶えてもらっていたのだ。それなのに彼は、対価の支払いを先延ばしにしてくれていた。それが、オリアの魂をもっと汚し、熟成させるためだったとしても、共に過ごした年月は幸せだったとしか思い出せない。

「ヴァールハイト……っ！」

自分は彼に救われたのか、それとも更なる地獄に突き落とされたのか。簡単には判断できない。

それでもただ一つオリアが言えるのは――

「死んじゃ嫌だ……！」

彼を喪いたくない。心から愛している。たとえ、ヴァールハイトが同じ想いを返してくれなくても、危険を冒してここまで来てくれた。それだけで、もう充分だと思った。

「ヴァールハイト、お前は昔から真面目すぎる。もっと楽に生きればいいものを……悪魔として享楽的に生きるのも悪くはなかっただろう？　認めてしまえば楽になれる。一皮剝けるためにも、この小娘の魂をふたりで分け合おうじゃないか」

「ふざけるな。オリアは関係ありません。――私にとって、彼女はただの人間。どうでもいい替えの利く存在でしかない」

「ははは、随分辛辣《しんらつ》なことを言う。契約者は健気にお前の心配をしているのに」

「こんな小娘一人、暇潰しに飼育していただけです。それ以上でも以下でもない。この程度の魂なら、他にいくらでもいます。ただの餌の一つに過ぎません」

本当なら、オリアはヴァールハイトの言葉を聞いて傷つくのだろう。けれど微塵も痛みを感じていなかった。何故なら『嘘』だとはっきり分かったからだ。

彼が背中を丸め、苦悶に表情を歪ませる。その刹那、ヴァールハイトの背中で漆黒の羽が大きく広げられた。無数の羽根が宙を舞う。まるで――撃ち落とされた鳥のように。

「おや。随分苦しそうだ。もう人の形を保つこともできなくなったのか？　そこまで無理をしていったい何の意味がある？」

オリアの悪魔は信念と誓いを以て嘘は言わない。それは鉄の意志で己に課した制約だ。いつか天界に戻るという願いを叶えるために。

だがヴァールハイトは今、それを破っていた。

長らく積み上げてきたものを壊してでも、オリアを守ろうとしている。

おそらくパルフェクトのオリアへの興味を削ぐため、あえて関心がないと装っているのだ。執着していない、大事にしていないと訴えて。

それを愛情と呼ばないで、何と言うのか。

――大切だと……愛していると言ってくれたのも同じだよ……ヴァールハイト……

素直じゃない彼からの、告白だと思った。それも命がけのもの。

何も言ってくれないヴァールハイトに感じていた不安が霧散してゆく。オリアの中で、汚れかけていた心が輝きを取り戻す。愛しい、という想いだけが霞む意識を繋ぎとめてくれた。

「……ヴァールハイト……もう、いいから。お願い、ここから逃げて……」

オリアは這いずり、どうにか彼の足下まで辿り着けた。ヴァールハイトも苦しみながら教会の奥まで進んできてくれたからだ。

「私が狙いなら、リタたちに危害は加えられないでしょう……？　だったら、いいよ……貴方も誓いを破らなくていい……ずっと、帰りたかった場所があるんでしょう……？　私のために捨てなくていい……」

最期にこうして彼の本心を知ることができた。もう悔いはない。オリアは力を振り絞って微笑んだ。

せめてヴァールハイトが自分の笑顔を覚えていてくれるように。彼の一生を考えればオリアと過ごした十年など一瞬のことでも、記憶に残ってくれることを祈って。

「ごめんね……大好きだよ、ヴァールハイト……ノワールも愛している……」

「オリア……！」

焼け爛れた彼の顔が激しく歪んだ。

だがもう、ろくに見えない。どんどん視界が暗く狭まってゆく。オリアは下りてくる瞼に抗えなくなっていた。

「……私が帰る場所は、オリアのいる家だけです。他に戻りたいところなど、どこにもない」

倒れ伏していた身体を抱き起こしてくれる腕の感触に、涙が溢れた。ずっとこうして抱きしめられたかった。淫らな行為に耽る時だけでなく、心まで抱擁されている気分になる。それはきっと、間違いではない。

　この幸福の中で終われるなら、幸せだ。他には何もいらない。オリアの一番の願いは叶ったのだから、これ以上望むことなど一つもなかった。

「見せつけているつもりですか、ヴァールハイト？　陳腐ですね」

「何とでも言えばいい。だがオリアは渡さない。貴様に奪われるくらいなら、肉体も残さず私が食らう」

　――いいよ。貴方になら、全部食べられても構わない。

　もう声も出せなくて、オリアは心の中で了承した。おそらくヴァールハイトには伝わったはずだ。背中を撫でてくれる手がいつも以上に優しく、労わりを注いでくれたから。

「やれやれ……すっかり人間に毒されてしまったらしい。そんなことだから、お前は力があるのに天使としても悪魔としても中途半端なのだよ」

「……貴様には関係ない。もう私に関わるな」

「それが、かつて父と慕った私に言う言葉かな？　昔はあんなに純真で可愛かったのに、ただの男に成り下がるとは、がっかりだ」

　溜め息交じりのパルフェクトの声が、冷酷さを帯びた。

　このまま死ぬのだな、とオリアは消えかけた意識で思う。どうせ命を落とすなら、ヴァールハイトの手にかかりたい。そうすれば、自分は彼の一部になれる。

――ヴァールハイト、これが最後の命令。お願い、私を食べて。

「……ええ、オリア。貴女の全ては私だけのものです。髪一本、爪一枚も誰にも渡しませんよ」

――嬉しい……

目尻に口づけられ、余計に涙が溢れた。とめどなく流れる滴を、彼は丁寧に吸い取ってくれた。

ノワールの姿の時、何度も目にした羽の感触にも包まれる。ふたりが同時に自分を抱擁してくれている気がして幸せだ。この上ない安堵感の中、オリアは幸福感に浸った。

自分たちは同じ種族ではないから、愛の交わし方も人のそれとは違う。一見悲劇的な末路であっても、きっとこれが最高の形なのだ。

ふたりにだけ通じる想いで、完結する。他の人に嘲られ罵られたとしても、互いが分かり合えていれば構わなかった。

指を絡めて深く手を繋ぎ、身体を寄せ合う。二度と離れないと誓いを立てるように、しっかり密着した。

――まるで結婚式だね。

教会で愛する人と将来を誓う儀式に、憧れなかったと言ったら嘘になる。けれど諦めて

いた。オリアにとって隣にいてほしいのは、愛しい悪魔だけだったから。そんな奇跡は絶対に起こらないと早々に捨てた夢だ。

「未来は誓えませんが永遠は誓えます。私もオリアの後をすぐ追います。共に消滅しましょう」

喜んでしまう自分は、どこまでも利己的な人間だった。

彼が後を追ってくれると聞いて、死への恐怖が更に薄れる。むしろ甘美な約束に思えた。もう何も怖くない。オリアは全身の力を抜いた。

「――くだらない。ならばふたりともここで終わらせて差し上げます。――エルデフ、彼らに止《とど》めを刺しなさい」

「えっ、わ、私がですか？」

それまで平伏していた神父が、慌てふためいた声を上げた。どうやら自分に手を下せと命じられるとは思っていなかったらしい。

「ええ。私には教会内で力を使うことはできません。そのためにお前を傀儡《くぐつ》に仕立てたのですから。それに……本当は人の命を狩ることに興味があるでしょう？」

「パルフェクト様……っ」

唆された神父が近づいてくる気配がする。オリアを抱くヴァールハイトの腕に力がこもった。教会の聖なる空気に拒絶され、彼も限界なのだろう。苦しげな息を吐き、それでもオリアを守ろうとしてくれていた。

――ずっと一緒だよ、ヴァールハイト。

「ええ、オリア……永遠に」

全て諦め、最期の時を待つ。だが。

「――待ちなさい、エルデフ。邪魔が入りました」

「は、はいっ？」

制止したのはパルフェクト。上擦った声で返したのは、神父だった。

「……まさか干渉してくるとは……何があっても基本的に無関心なのだと侮《あなど》っていましたが、違いましたね……」

苦々しく吐き出したパルフェクトが乱暴に溜め息を吐いた。目を開く余力もないオリアには、何が起きているのか分からない。だが押し潰されそうだった重い空気が、少しだけ変わっていることに気がついた。

――何……？

「運がいいですね。お前が求め続けた手が、差し伸べられたようです」

「馬鹿な……」

重苦しさが消えてゆく。オリアが覚えているのは、ここまでだった。

目が覚めると、見慣れた天井が視界に飛び込んできた。

小さな家。毎日寝起きしている寝室。森の中に建てられた一軒家は、自然に囲まれている。窓の外からは動物や鳥の鳴き声が聞こえてきた。

「……私の……家……？」

掠れた呟きをこぼした瞬間、オリアは激しく噎《む》せた。喉がカラカラに渇いている。ひとしきり咳をした後、水を求めてベッドを抜け出した。

静まり返った家の中は、どこかひんやりとした空気が漂っている。何だか、とても寂しい。大切なものが欠けている気がする。しかしそれが何なのか思い出せず、オリアは水瓶から水を汲み、喉を潤した。

――そういえば、これを汲んでおいてくれたのは誰だっけ……？

自分でした覚えはない。と言うかこの数年、井戸から水を汲み上げるのはオリアの仕事ではなかったはず。いつも別の誰かが毎朝してくれていなかっただろうか。

――私は一人暮らしなのに……？

両親を亡くして以来、町の人の親切に支えられこの小さな家で生活してきた。そのはずだ。なのに何故、こんなに胸が痛いのだろう。

繕い物の仕事は順調。こんな辺鄙な家まで遊びに来てくれる親しい友人もいる。町に出れば優しくしてくれる人たちばかり。時折美味しいものを食べて、教会に通って……何も不満はない。

オリアの生活は、満たされているはずだ。けれど何かが足りない。それがないと、生きていること自体意味がなくなってしまうほど大きなものが……

不意に何かが足下を掠めた気がして、オリアは下を見下ろした。しかしそこには何もない。勘違いだったかと思い、台所を見回す。

置かれているのは小さなテーブルと椅子が一つだけ。見慣れているはずの光景に強い違和感を覚えた。空っぽの鍋から美味しそうな煮込み料理の幻臭がして、その感覚が更に強まる。

――ここは私の家……だよね？　前からこうだった？

のろのろと寝室へ戻る。

一人暮らしにしては大きめなベッドは、オリア一人が腰かけただけでは空間が余って仕方なかった。

――どうしてだろう？　前はもっと狭く感じていた気がする。ピッタリくっついていないと、ベッドから落ちてしまいそうなほど……え？

何とくっついていたと言うのだろう。心当たりがなくて、混乱する。ただ、何かがおかしい。オリアの手は『それ』を求めシーツの上をさまよっていた。

フワフワしたものを撫でたい。モフモフとした毛並みに顔を埋め、柔らかな肉球を弄り、お日様の匂いのする……黒いあれは何だった？

奇妙な衝動に駆られ、オリアは家の外に飛び出した。

この家には、自分が大切だと感じていたものが揃っている。けれどやっぱり足りない。

――違う。ここじゃない。いくら平穏な生活でも、私が本当に欲しいものとは違う。

どんなに辛くても悲しくても、なくしたくないものがあったはずなのに……！

オリアは森の中をとにかく走った。目的地があったわけではない。何か当てがあったのでもない。じっとしていられなかっただけだ。

何度転んでも起き上がり、がむしゃらに前を目指した。森が深くなる。木々の騒めきが増してゆく。何もかも見慣れた世界。それなのに『彼』がいない。

――どこ？　どこにいるの？　ずっと一緒だって言ったのに……！

人でも獣でも構わない。傍にいてくれれば、どちらでもいい。

オリアはたったひとりの愛しい相手を想い、思い切り手を伸ばした。

「――――オリア！」

握り返された手の強さに、意識が引き上げられた。

見開いた瞳に映るのは、寝室の天井。飽きるほど見慣れた光景。ここは我が家で、長い夢を見ていたのだと、やっと悟る。

オリアがノロノロと横へ視線を動かせば、探し求めていた相手が不安げにこちらを覗き込んでいた。

「……私のことが分かりますか？」

何を当たり前のことを言っているのだろう。不思議に思い、オリアはぱちくりと瞬いた。

「……ヴァールハイトでしょう？」

自分が彼を見間違えるわけも、忘れるはずもないのに。

「……良かった」

それなのにヴァールハイトは心底安堵したように目尻を下げた。何が何だか分からない。

「……何か、ずっと変な夢に閉じこめられていた気分……でもどこからどこまでが夢だったのか、よく分からないの……」

記憶が混濁している。教会で恐ろしい目に遭ったのは現実だろうか。オリアは改めて彼を見つめ、男の肌に治りかけた火傷の痕があることに気がついた。陶器のように滑らかだった肌に刻まれた醜い傷痕。痛々しくて、オリアは息を呑んだ。

「ヴァールハイト、それ……」

「ああ、少し痕が残ってしまいましたね。ですがもうしばらくすれば癒えるでしょう」

「え？　じゃあ、あの夢は本当にあったこと……？　私たち、助かったの……っ？　でもリタたちは？　それにエルデフ神父様はどうなったの……っ？」

てっきりもう駄目だと諦めたのに、どうして無事に生きているのだろう。

聞きたいことは山ほどある。だが気持ちが昂りすぎて、上手く言葉にならなかった。

「落ち着きなさい、オリア。貴女の友人なら、他の方々と一緒に目を覚ましました。何があったか覚えていませんし無事に家に帰っています。神父は二度とオリアを煩わせることはないでしょう――だからもう、大丈夫です」

「大丈夫って……神父様はいったい……まるで何かに操られているみたいだった」

「あの男は悪魔の甘言にのせられたのかもしれませんが、自ら選んだ結果です。操られていたわけでも、騙されていたのでもない。己の意思を以て選択したのですから、相応の報いは受けるべきです。――オリアが気にする必要はありません。ただし、貴女が嫌がるのは分かっていますから、命を奪うような真似はしていませんので、ご安心ください」

そう言い切られてしまうと、他に何も言うことはできなかった。けれど二度と神父と会うことはないのだと理解する。

「じゃ、じゃあ、あのパルフェクトとかいう変な人は？　もうヴァールハイトにちょっかいを出してきたりはしないの？　あいつ絶対貴方のことが好きだよ。だいぶ拗《こじ》らせているし、歪んでいるけど、私には分かるよ！」

「人ではありませんし、気持ちの悪いことを言わないでください。あれは私と同じ堕天した悪魔です。……かつて私は彼の嘘に騙され、罪を犯しました。以来ずっと……私は我が身とあの男を呪い続けてきました」

オリアが薄々勘づいていたことを、彼は説明してくれた。何があったのか詳しく話してはくれなかったけれど、『嘘を一切吐かない』誓いを立てることで、天界に戻りたいと願っていたことも。

「そうだよ……せっかくこれまで長い間誓いを守ってきたんでしょう？　私のせいで破らせてしまったんだよね？　そんなの駄目。今からでも取り消しにすれば……！」

「いいんです。もう、全部終わったことです」

「終わった……？」

それはどういう意味なのか。戸惑ったオリアはある事実に気がついた。

――ヴァールハイトの怪我……何故まだ治っていないの？

悪魔の治癒力は人のものとは比べものにならないほど高い。そうでなくても、魔力で簡単に治せるだろう。自身の傷を癒やすのは、人間界への干渉とは違い対価も無用のはずなのだから。

「……え？」

揺れる視界の中に、愛しい男がいる。黒髪と赤い瞳を持つ、オリアのよく知る麗しい男性。それなのに、胸を掻きむしりたくなるほどの悲しみが込み上げた。

彼は、間違いなくここにいる。だが半分だけだ。欠けてしまったものを感じ、オリアの双眸から涙がこぼれた。

「……ノワール……」

いつも傍らにいてくれて当たり前だと思っていた獣の気配が消えてしまった。

「……オリアの勘は鋭いですね。ええ、だからこそ全部解決しました。パルフェクトも今の私に興味はないでしょう。元来飽きっぽく移り気な男ですから」

「どう……して……っ」

「……もう駄目だと思い、私が貴女を食らおうとした瞬間、横槍が入りました。あの場では誰も逆らうことができない、圧倒的な存在から」

「それって、まさか……」

教会の内部は、高位の悪魔である彼でさえ、生身のまま足を踏み入れれば全身に致命的な火傷を負うほどなのだ。あのパルフェクトという少年だって、借り物の姿だと言っていたし、力を揮えなかった。そんな中で一番上位にある存在と言えば。

「貴女方人間が『神』と称する存在ですよ。本来ならあの方が動くはずもない。けれど何の気まぐれでしょうね。私のこれまでの誓いや行動を認めてくれたそうです。そしてあの場を収め、一つだけ私の望みを叶えてくれました。——天界に戻る許しが与えられたのです」

「……！」

ついさっき、ヴァールハイトの嘘を取り消してでも彼の願いを壊したくないと思っていたのに、今は行かないでほしいと叫びそうになる。

彼が悪魔でなくなったのなら、もうオリアといる意味はない。二度と会えないし、魂を食らってもらうこともないのだ。歪な形であっても一緒にいられる道すら残されていないのだと痛いほど悟った。

「だから……ノワールの気配が消えてしまったんだね……」

あの黒狼の姿は、言ってみれば彼が持つ悪魔の側面だったのかもしれない。ヴァールハイトとしての形こそ、元の天使の姿により近いのだろう。

オリアの大好きだった半身が失われてしまった。けれどこれは祝福すべきこと。彼が抱き続けた積年の願いが届いたことを意味するのだから。たとえ、自分たちにとって永遠の別れになるのだとしても。

「良かったね……ヴァールハイト……おめでとう」

「ええ。これで貴女と本当の意味で一緒にいられます」

「えっ」

想定していた別離の台詞とは真逆のことを言われ、オリアは目を剝いた。聞き間違いだろうか。願望が先走りすぎて、幻聴が聞こえたのかもしれない。

「えっと……貴方が天界に帰るなら、一緒にはいられないと思うけど……え？　私やっぱり死んだの？」

「死んでいません。それから私は天界には帰りません。確かに許しは得ましたが、丁重に辞退させていただきました。代わりに、私を人間にしてほしいと願ったのです」

「……!?」

展開が予想外すぎてついていけない。

オリアはポカンと口を開けてしまった。

「その間抜けな顔は不細工ですよ、オリア」

「……いつも通りの……ヴァールハイトだ……」

そしてノワールらしくもある。これまで何度も聞いてきた軽口に、オリアの両目から涙が溢れた。

「ばっ、馬鹿じゃないの……っ？　ずっと帰りたかった場所なんでしょう？　どうしてありがたい申し出を断るのよっ？　こんな機会、きっと二度とないのに……！」

「今はもう、あそこに戻りたいとは思っていません。オリアのいる場所だけが、私の帰るところだと気がつきました。そう言ったでしょう？　貴女も共に生き、共に死ぬことを望んでくれたのではないのですか？」

その通りだ。

あの瞬間、何を捨てても惜しくないと思った。ふたり一緒に死ねるのなら、嬉しいとさえ感じていたのだ。

「も、勿体ないじゃない。悪魔も天使の一生も、人間の寿命とは比べものにならないくらい長いのに……っ」

「ダラダラ何百年、何千年を生き続けるよりも、オリアと共に数十年を生きた方が有意義です。それとも嫌ですか？」

「嫌なはずがない……！」

答えなど最初から決まっている。一瞬の迷いもなくオリアは叫んでいた。

「貴方がいてくれるなら、明日死ぬとしても構わない！」

「良かった。オリアが目覚めた時、私を覚えてくれていたから、大丈夫だとは思いましたが……」

「え？　どういうこと？」

そういえば直前まで見ていた夢の中では、ヴァールハイトのことが思い出せなかった。何か違和感があったのに、どうしても名前が出てこなかったのだ。

「そういう決まりだったのです。悪魔が人間になるなど、異例中の異例。しかも元は天使。もしもオリアが私のいない現実を受け入れ、幸福を見つけて生きていこうとするのなら、貴女の人生に私は必要ないということです。その場合、私はオリアのもとを速やかに離れ、二度と会えないことになっていました」

「そうだったの……？」

　あの夢に、そんな恐ろしい意味があったなんて。まったく知らないうちに、試されていたのだ。オリアのヴァールハイトへの気持ちの大きさと絆の強さを。

「勝手に、酷い……！」

「すみません。ですがオリアが満たされた世界でも私を求めてくれることが、これからも一緒にいられる条件だったのです」

「……貴方のいない世界に未練はないよ」

　ヴァールハイトの存在しない世界も穏やかで、それなりに幸せだったと思う。けれどオリアが心から満足し幸福を味わうことはなかっただろう。あそこには、絶対的に欠けているものがあった。いくら記憶を封じられても、日常と同化した小さな煌めきを全てなかったことにするなんてできない。

　彼と過ごした時間の全部が、今のオリアを形作ってくれたのだから。

「私の幸せは……貴方がいないと完成しない」

　普通の生活も、愛する相手との暮らしも、天秤になどかけられないものだから。強欲な自分は、両方欲しいと手を伸ばすのだ。きっとこれから先もずっと。死がふたりを別つとも。

「だけど本当に、ヴァールハイトは人間になったの？　それで、私とずっと一緒にいてくれるの？」

「疑り深いですね……もう以前の契約書は無効になってしまいました。ですから新しい契約を結びませんか。——婚姻という」

なかなか全てを信じきれず問い重ねるオリアに、彼は柔らかく微笑んだ。だがサラリと告げられた意味が分からず、こちらはきょとんとしてしまう。

「えっと……今、何て言ったの？」

「結婚しようと提案しました。お金の心配なら無用です。貴女と暮らすようになって、地獄での財産は大半こちらに移していましたし、十年の間に蓄財しています。生活の負担はかけませんよ。それともオリアは私が夫になるのは嫌ですか？」

「嫌じゃない！」

先ほどよりも前のめりに返事をし、オリアは飛び起きた。もう横になっている場合ではない。

「私、本当はずっとそうなれたらいいなって、思っていた……でも無理だから、考えることもしないようにしていたの。……そうしたら自分の気持ちすらよく分からなくなってしまって、色々迷走していたみたい……」

「ずっと不安にさせて申し訳ありませんでした。——私も、自分の気持ちが分かりませんでした。愛とか情とか、そういったものは堕天した時点で失くした感情でしたから。けれどオリアが思い出させてくれたのです」

「ええ。悪魔が持ち得ないはずの心を、呼び覚ましてくれました。オリア、私は貴女を愛しています」

「私が……？」

歓喜が全身を駆け抜けた。

これまで味わったことのないほどの奔流《ほんりゅう》に、押し流される。

焦がれ続けた言葉。心情の籠もった台詞に、疑う余地などない。真実、彼は自分を想ってくれているのだろう。

家族としてでも、契約者としてでもなく、たった一人の愛しい相手として。

「私も……っ、貴方を愛している……！」

強く抱き合い、どちらからともなく唇を重ねた。

溢れる想いを抑えられない。抑える必要がないのだと思うと、余計に昂ってゆく。奪い合う吐息が乱れるまでに時間はかからず、折り重なるようにしてオリアは仰向けにベッドへ倒された。

「……抱いてもいいですか。貴女の全部を私のものだと実感したい」

食事ではなく、想いを交わし合うために。

これまで何度も身体を重ねてきたのに、こんなふうに聞かれたことも乞われたこともなかった。ヴァールハイトの瞳に揺らぐ渇望に煽られ、オリアは真っ赤になって頷く。

心ごと求められる喜びに、全身が戦慄いた。

「な、何か緊張する……」

服を一枚ずつ脱がされる度、口づけを交わし、オリアからも彼の上着に手を伸ばした。彼が服を脱ぐのを、震える指先でたどたどしく手伝う。

鼻を擦り合わせ見つめ合う頃には、互いに一糸纏わぬ姿になっていた。

「……今なら、やっと理解できます。昔からオリアに感じていたこの想いこそ、『愛情』だったのだと」

「そういうことを言ってくれるのは嬉しいけど、きゅ、急に沢山言われると、恥ずかしいよ……っ、どんな顔をしていいのか分からなくなる……！」

これまで彼が決して言ってくれなかった言葉の羅列に戸惑い、オリアは自らの手で顔を覆った。きっと真っ赤になりすぎて、酷い有り様だと思ったのだ。いくら冗談でも、こんな時に『不細工』と嘲られたくはない。けれど。

「可愛い」

そっとオリアの手首を摑み、脇にどけたヴァールハイトの口から出たのは、想定外のものだった。あまりの変化に、ついポカンと彼を見てしまう。

「何です、その顔は。……ずっと愛らしいと思っていましたよ。一所懸命な姿も赤くなった頬も。その不細工さも含め、オリアは魅力的です」

「……素直じゃない！」

「ええ。私は愛しい相手を甘やかしたい気持ちがありますが、意地悪をしたい性格でもあるようです。堕天して、そういった面が強調されたみたいですね。しかも一度表面に出ると、完全に元に戻ることはないらしい」

「……え、それって……」

つまりノワールが消えても、彼が持っていた特性は残されるということだろうか。あれもまたヴァールハイト自身なのだから。

「そういうわけで、多少辛辣なことを言うかもしれませんが、全ては愛故《ゆえ》です」

「な、何か納得いかない……」

「慣れてください。これから一生共にいるのですから」

剝き出しの乳房に彼の顔を寄せられ、髪に擽られた肌が騒めいた。サラサラとした黒髪が、オリアの肌を滑ってゆく。ノワールの毛とは違う。もうあの獣を抱いて眠ることがないのだと思うと、とても寂しい。

——でも、ノワールもヴァールハイトの中にいる。

分けて考える必要はない。彼らは同じものだ。だからオリアは覆い被さる男の背中に手を回した。

「……兄だって名乗っていた人が、いきなり夫として現れたら、魚屋の女将さんとかがびっくりしちゃうかな……」

「その辺はどうとでもなります。私たちが幸せな姿を見せれば、納得してくれるでしょう」

「そうだね。きっとリタも祝福してくれる」

　自分は父親には恵まれなかったけれど、人には恵まれた。だからこれからも大丈夫だ。与えてもらった沢山の愛情を、今度はオリアが返す番。それらは己の中にある醜さに、向き合う力にもなる。

　太腿の間に忍びこむ指先に脚を開かれ、オリアは踵《かかと》を左右に滑らせた。脚の付け根に注がれる視線の強さに、焦げてしまいそう。懸命に羞恥を耐えていると、蜜口を下から上へなぞられた。

「……んっ……」

　濡れた音が奏でられ、淡い快楽に火を灯される。隠れていた花芯を探り出され弄られれば、オリアの全身にあっという間に汗が滲んだ。

「や、あ……っ」

「声を我慢しないでください、オリア」

「ふ、アっ」

　こめかみに口づけたまま話されると、喜悦が増幅される。更に耳朶を食まれては、もう堪えることなどできなかった。

「ンンッ……ぁ、あッ」

二本の指で擦り合わされた淫芽から、腰が蕩けるような愉悦が湧き起こる。あまりの心地よさに、オリアの爪先までひくついてしまった。

「そこ……っ、弄っちゃ駄目……！」

「すぐに達してしまうから？　――ああ、本当に可愛いな」

まるで『可愛い』の大盤振る舞いだ。聞き慣れていない分、尚更オリアを喜ばせ、惑わせる。これまでになく感じてしまい、オリアは背をしならせた。

「ぁああ……っ、あ、ゃんっ」

「すっかりいやらしくなりましたね」

「ま、待って、ぁあ、あっ……」

下に移動しようとするヴァールハイトを止めようとしたが、無駄だった。彼はオリアの太腿を大きく開き、その間に顔を埋めてしまう。それだけでもう、自分の身体は期待で打ち震えてしまった。

散々刻み込まれた快楽の記憶に、抗えるはずもない。しかも想いが通じ合った今、感度は一層増していた。オリアの肢体は欲望に正直に膝を緩め、ヴァールハイトを迎え入れる。

「ここも赤く熟れて、可愛い」

駄目押しの『可愛い』と舌で花芽を弾かれる淫悦にオリアは喉を晒した。下腹に疼く熱が溜まり、解放される時を望んでいる。ゾクゾクと愉悦が全身に広がってゆく。蓄積される一方の快感が弾けるまでに、時間はかからなかった。

「……ぁっ、あああ……！」

数度腰を突き上げて、オリアは達した。気だるい余韻が四肢を動かす力を奪う。忙しく上下する胸に、彼が口づけてくれた。

「オリア、そのまま力を抜いていなさい」

「……ひ、ぁっ」

これまでより大きな質量が隘路に押し込まれた。苦しいほど入り口を抉じ開けられて、快楽と苦痛がないまぜになる。引き裂かれそうな蹂躙の中、オリアはヴァールハイトの身体にしがみついた。

「な……んか、いつもより大き……っ」

「……そういうことを言うものではありません。……やっと本当にオリアを手に入れた気がします……そのせいか今までより興奮が鎮まらない……っ」

彼の滴る色香に当てられて、痛苦はすぐさま淫悦に置き換わった。もっとヴァールハイトと深く繋がりたくなり、オリアからも腰をくねらせる。彼の楔を全て呑み込む頃には、互いに汗まみれになって息を荒らげていた。

「ヴァールハイト……」

「は……まだ普通の人間らしく指輪も花も用意していませんが、これで貴女は私の妻です」

「うん……嬉しい」

オリアがあの教会で結婚式のようだと感じたのは、彼も同じ気持ちだったらしい。そのことが無性に嬉しい。

数日ぶりにヴァールハイトを受け入れた場所がきゅうきゅうと疼いた。まだ動いていないのに、気持ちよくて堪らない。一つになれた喜びで、体内が勝手に蠢いていた。愛しい人を放すまいとして、オリアの内側が淫らに収縮する。もっと奥へと誘うように。

「……できるだけ優しくしますが、我を忘れたら、すみません」

「ヴァールハイトの好きにしていいよ。……その方が、私も嬉しい」

より強く求められていることを実感したかった。今日の全てを忘れないため、刻みつけてほしい。そう願って見上げれば、彼の目尻が淫猥な赤に染まった。

「……煽ったのはオリアです。覚悟してください」

「……あっ」

いきなり最奥を穿たれて、眼前に光が散った。激しく突かれ、濡れ襞が摩擦される。愛蜜が攪拌され、ふしだらな音色を奏でた。

「ぁっ、ああッ……ぁ、あッ」

汗みずくの身体を擦りつけ合い、絡まり合って高みを目指す。激しく上下する視界の中、二人は見つめ合った。瞬きさえ惜しいのに、快楽が過ぎて上手く焦点が合わない。足りない分は指を絡め貪欲なキスで補った。

「……ぁ、ああっ、ヴァールハイト……っ」

「オリア……っ」

全身が引き絞られる。オリアが達した直後、体内に熱い迸りを感じた。

「……本当の家族を作りましょう」

何があっても離れないと願い、繋いだ手を一層固く繋ぎ直した。新たな契約が破棄されることは二度とないと、互いに誓いながら。

エピローグ

オリアが繕い物の作業をする部屋の窓を、小鳥が嘴で叩いている。

コツコツという小さな音に顔を上げ、窓を開けてやると、チッチが窓枠にとまり、愛らしく首を傾げた。

「久しぶりね。最近ずっと来ないから、心配していたんだよ」

オリアがヴァールハイトと正式に夫婦になって三か月が過ぎた。その間に季節が変わり、今では冬になっている。

夏が長く厳しいグレイブールの冬は短い。それでも動物たちにとっては餌が減り、気候的にも生き抜くことが大変な季節だろう。

「チッチは町に住んでいるんじゃないの？　この天気の中、ここまで飛んでくるのは大変だったでしょう」

今日は特に風が強い。森の樹々も煽られて、ザワザワと悲鳴を上げていた。

「あ、そうだ。今朝のパンの残りがあるよ。食べる？　ヴァールハイトが焼いてくれたの」

こちらの言葉が分かっているのかいないのか、小鳥はオリアの指にとまり、愛らしい鳴き声を上げる。その後急に美しい羽をはためかせ、部屋の中をクルクルと飛び回った。

「あ、危ないっ、こんな狭い部屋の中でぶつかったらどうするの！」

もしや外に行きたいのかと思い、慌てて窓を開けてやると、小鳥は強い風をものともせず天高く飛んで行った。あっという間の撤収で、余韻も何もあったものではない。

「いつも突然だなぁ……本当、何しにここまで来てくれるんだろう？　可愛いから大歓迎だけど」

小鳥の姿が見えなくなるまで見送ったオリアは、呟きながら風で散らされた布を整えた。もう少し触れ合いたかったのに、残念だ。

「――オリア、焼き菓子を作りました。休憩にしませんか」

「ありがとう、ヴァールハイト。わぁ、美味しそう」

ノックの後ドアを開いた彼の持つ盆の上には、山盛りのクッキーがのっていた。ジャムを挟んだオリアの大好物だ。

最近のヴァールハイトは料理の腕前を生かし、町の食堂に菓子を卸している。他にも料理教室を定期的に開催し、大人気らしい。美形の男性講師として評判なのだ。そこは、少々面白くなかった。

「お茶も淹れましょう」

甲斐甲斐しく世話してくれる彼を見ながら、オリアは早速クッキーにかぶりつく。口の中でサクッとほぐれ、丁度いい甘みが広がった。今回も、文句なく美味しい。

「やっぱりヴァールハイトは何を作っても天才……」

「お褒めに与り、光栄です。妻に捨てられないよう、頑張っていますから」

「す、捨てるわけないじゃない」

むしろ誰かに盗られやしないか、日々こちらが心配しているくらいだ。普通の人間になった彼は、最近ますます美しさに磨きがかかった気がする。惚れた欲目と言われればそれまでだが、とにかくだだ漏れる色気が尋常ではないのだ。

見慣れているはずのオリアでさえ、油断すると見惚れそうになっていた。

「そっちこそ、う、浮気とかしていたら許さないよ」

ただの食事でも許容できなかったのに、それ以上となれば言語道断である。オリアは結構嫉妬深いのだ。

「ご冗談を。私はオリアのお守りで精いっぱいですよ。他の女を視界に入れる暇もありません」

「……何か、馬鹿にされているような、甘いことを言われたような……微妙な気分になるわ……」

上手く煙に巻かれた心地だ。しかしヴァールハイトがオリアを裏切らないことには、絶対の自信があった。それに今でも彼は嘘を嫌っている。

ヴァールハイトが淹れてくれた紅茶を飲み、手作りの菓子を食べた。こんな幸せな時間に、無粋なことを言うのも気が進まない。結局オリアは仕事用の椅子から立ちあがり、立っていた彼に抱きついた。

「私だって、ヴァールハイト以外目に入らないよ」

「知っています」

余裕綽々《しゃくしゃく》で応えながらも耳を赤く染めている夫に口づけて、オリアはクッキーよりも甘いキスに酔いしれた。

暴風など欠片も気にせず、小鳥は高い枝の上からとある新婚夫婦を眺めていた。

相変わらず、年中無休でイチャイチャしている二人だ。よく飽きないものだと感心してしまう。オリアによってチッチと名付けられた小鳥は、どこか冷めた雰囲気を漂わせていた。

「……不完全なお前だからからかい甲斐があって面白かったのに、満たされてしまったお前にはもう何の興味もないよ」

もしも誰かがその光景を目撃していたとしても、まさか小鳥の嘴から艶やかな美声で人語が紡がれたとは、夢にも思わないだろう。

おそらく幻聴か、気のせいだと判断するに違いない。

「ふん。つまらない。精々百年にも満たない一瞬を生き、幸せになるといい」

男の声で吐き捨てて、小鳥は空高く舞い上がっていった。

あとがき

初めましての方も、そうでない方もこんにちは。山野辺《やまのべ》りりです。

今回のお話はツンデレなオカン気質の悪魔と、純朴な主人公とのお話です。

ちなみに以下のような担当様とのやりとりから生まれました。

私「今度は人外を書きたいです。悪魔とか……」

担当様「それはモフモフですか？　モフモフ悪魔ですか？　モフケモノ系ですか？」

(そこはかとない圧)

私「(お、おぅ……) モ、モフモフです……」※最初からモフモフのつもりでした。

というわけで、モフモフ悪魔です。表紙には可愛い女の子とイケメン人外、モフモフとか最強じゃありませんか？　ちなみに中のイラストにはショタまで……眼福。ありがとうございます、イラストを描いてくださった緒花《おはな》様。可愛いわ格好いいわモフモフだわ……満たされて私が昇天（浄化？）しそうです。

この本の完成までにお世話になった皆様に感謝いたします。お読みくださったあなたには、最大限の『ありがとうございます』を捧げます！　願わくばまたどこかで！

Sonya
ソーニャ文庫

この本を読んでのご意見・ご感想をお待ちしております。

◆ あて先 ◆

〒101-0051
東京都千代田区神田神保町2-4-7 久月神田ビル
㈱イースト・プレス　ソーニャ文庫編集部
山野辺りり先生／緒花先生

モフモフ悪魔《あくま》の献身愛《けんしんあい》

2020年1月6日　第1刷発行

著　　者　山野辺《やまのべ》りり
イラスト　緒花《おはな》
装　　丁　imagejack.inc
D T P　松井和彌
編集・発行人　安本千恵子
発 行 所　株式会社イースト・プレス
〒101－0051
東京都千代田区神田神保町2－4－7 久月神田ビル
TEL 03－5213－4700　FAX 03－5213－4701
印 刷 所　中央精版印刷株式会社

ISBN 978-4-7816-9663-8
定価はカバーに表示してあります。